왕국
2
아픔, 잃어버린 것의 그림자 그리고 마법

OKOKU sono 2,
Itami, Ushinawareta monono kage, sosite Maho
by Banana YOSHIMOTO

Copyright © 2004 by Banana Yoshimoto
All rights reserved.
Japanese original edition published by Shincho-Sha
Publishing Co., Ltd., Japan.

Korean Translation Copyright © 2008, 2011 by Minumsa

Korean translation rights arranged with Banana Yoshimoto
through ZIPANGO, S.L..

이 책의 한국어 판 저작권은 ZIPANGO, S.L.을 통해
Banana Yoshimoto와 독점 계약한 (주)민음사에 있습니다.

저작권법에 의해 한국 내에서 보호를 받는 저작물이므로
무단 전재와 무단 복제를 금합니다.

왕국
2

아픔, 잃어버린 것의 그림자 그리고 마법

요시모토 바나나

김난주 옮김

민음사

차 례

왕국 2

아픔, 잃어버린 것의 그림자 그리고 마법 ● 7

"으아앙, 또야. 또 울다가 잠이 깼어."
나도 모르게 그렇게 말했다.
마치 무언가를 떨쳐 내듯.

그리고 동시에 뜨거운 눈물이 베개로 똑 떨어졌다. 날은 밝았는데, 구름 낀 하늘이 세상을 부옇게 뒤덮고 있었다.

신기하게도 거리에서 나는 소리는 하나도 들리지 않고, 그렇다고 조용한 것도 아니다. 가끔 새소리가 울린다.

막연하게 차 소리가 들리는 듯하다. 멀리서, 흐르는 강물 소리처럼. 이명처럼.

돌아가고 싶어, 돌아가고 싶다고. 이곳에서는 숨을 쉴 수가 없어.

잠에서 깨면 그 생각으로 머리가 가득하다. 그 생각밖에 하지 못한다.

가에데가 여행을 떠나고 없는 빈집을 혼자 지키면서, 가끔 산 생활이 강렬한 꿈을 꾸듯 그리워졌다.

꿈속의 나는 아직 산에 있고, 시끄러울 정도로 울어 대는 새와 매미 소리에 눈을 뜬다. 투명한 아침 햇살이 온 집 안에 넘실거린다. 뽀송뽀송하게 마른 빨래에서 나는 좋은 냄새처럼, 신선하지만 강렬한 빛이다.

나는 평소처럼 일과를 시작한다. 물을 긷고, 마당을 쓸고, 아침 준비를 한다. 공기는 맑고, 하늘은 동굴처럼 짙은 색이다. 책상 언저리에 할머니의 뒷모습이 보인다.

늘 똑같은 생활을 하고 있는데, 나는 갑자기 울고 싶어지면서 어쩔 줄 모르는 불안에 휩싸인다. 오늘도 늘 똑같은 하루인데, 왜 이렇게 슬픈 것일까? 마음속으로 그렇게 생각한다.

할머니가 뭐라고 말을 걸고, 식탁 위에 놓인 그릇에 소복하게 담긴 장아찌를 먹고, 약초가 얼마나 잘 말랐는지를 보고, 빨래를 걷고. 그렇게 바쁘게 지내다 보면 내 마음이 조금씩 차분해진다. 시간이 별로 없다. 이제 곧 눈을 뜰 텐데, 그러니까 얼른 이 산의 푸르름을 봐 두어야 할 텐데, 마음에 새겨야 할 텐데! 시간이 조금밖에 남지 않았다. 왜지? 하지만 그런 기분이 든다.

그리고 나는 몇 번이나 창가에 서서, 늘 보는 산과 하늘의 모양을 가만히 바라본다. 소담스러운 녹음, 옅고 짙은 나무들의 모습. 지겹도록 보아 온 내 생활의 사소한 것들. 문턱에 나뒹구는 죽은 벌레와 샘물로 끓인 차의 맛과 주전자 손잡이에 낀 누런 때.

꿈속에서 나는 안쓰러울 정도로 열심이고, 힘들어하고, 절박해서 마치 사형을 앞둔 수감자 같다.

그리고 눈을 뜬다.

산에서 내려와 할머니가 몰타 섬으로 떠난 후, 혼자 살면서도 산 꿈은 잘 꾸지 않았다.

이 집에 드나들면서 가에데와 함께 일할 때는, 가에데의 일을 좇기에 여념이 없어 꿈을 꿀 틈조차 없었다.

지금은 여유가 있기 때문일까, 아니면 잃어버린 것의 크기가 새삼스러워서일까. 산의 공기와 샘물은 물론 장아찌를 담았던 그릇도 낡은 주전자도 이 세상에는 없다. 모두 불타 버리고 말았다.

잠에서 깨어난 나를 기다리고 있는 도시의 이 구름 낀 부연 하늘은 좋아할 만한 구석이 하나도 없다. 꿈과 현실의 경계가 희미해질수록 하늘의 색도 애매해진다. 이곳에서는 외부의 힘이 도와주지 않는다.

외부의 힘이란 유리창이 깨어질 듯 불어 대는 세찬 바람, 정신이 번쩍 들 만큼 강렬한 아침노을, 저녁때 하늘을 질러 둥지로 돌아가는 새들, 그런 것이다.

무언가를 하고 있다가도 그런 것을 보면 순간적으로 매료되면서 온갖 시름이 날아가 버린다. 그리고 나도 모르게 기분마저 바뀌어 있다. 나는 산에 있는 동안, 그런 박력 있는 외부 덕분에 자신의 내면으로 필요 이상 침잠하지 않을 수 있었다.

하지만 이곳에서 나는 눈을 뜨고서도 여전히 몽롱하게, 꿈속에 있는 기분으로 어슴푸레한 현실에 발을 들여놓아야 했다.

이렇게 무슨 일이든 스스로 마무리를 지어야 하다니, 인간만 있는 세상이란 정말 힘겹다. 내면의 소리가 너무 시끄러워, 빌딩에 불이 켜지든 먼 하늘에 조그만 달이 떠오르든 그저 배경이 되고 만다. 캄캄해졌으니까 그만 자자고 하기에는 너무 밝아서, 자신의 달랠 길 없는 마음을 어둠 탓으로 돌릴 수 없다.

그렇게 투덜거리면서, 눈물을 닦고 하루를 시작한다.

외톨이의 하루를.

그래도 물을 끓이고 차를 우릴 즈음에는 그런대로 기운을 되찾는다. 그날 할 일을 이것저것 생각하고, 손 닿는 곳을 조금씩 정리하면서 몸을 움직이다 보면 꿈속을 떠돌던 마음이 몸으로 돌아온다. 그리고 마음이 튼튼해지면서 방금 전까지의 슬픔이 멀어진다.

산 생활이 그리운 것은 여전하지만, 꿈속만큼 절망적이지는 않다. 잠에서 완전히 깨어나면, 그리고 하루를 시작하고 보면 어디든 갈 수 있고, 할 일도 있고, 즐거운 일이 없는 것도 아니다.

잠에서 막 깨어났을 때만 도저히 어떻게 할 수 없을 정도로 괴롭다.

꿈속의 즐거운 생활과 거대한 자연이 마치 맛있는 음식처럼 언제까지고 선명하게 마음에 남아 있다.

그것을 잃었다는 생각으로 머리가 뻑뻑해진다. 돌이킬 수 없는 일이듯, 그저 꼼짝도 못 하고 슬픔 덩어리가 된다. 꿈속 세계의 인간에게는 탈것이 감정밖에 없으니까, 기분을 어루만질 수도 없는 것이리라.

현실에서는 몸이 '잘 잤다' 느니, '실컷 먹었다' 느니, '피곤하니까 자야겠다' 느니, '조금 더 움직여도 되겠다' 느니 기분을 어루만질 수 있는 말을 해 주니까, 나는 몸이란 탈것을 타고 지금이란 시간에 익숙해질 수 있다.

하지만 꿈속에서는 자신의 정신만이 있다. 그래서 확대된 감정이 그릇에서 넘쳐흐른다. 넘쳐흐른 갖가지 감정은 백 배쯤 증폭된다. 그리고 오랜 여행에서 돌아온 것처럼, 그저 마음이 아파진다.

* * *

나의 향수병은 '새삼스럽게 이제 와서, 왜?' 싶은 시기에 여러 가지 형태로 나타났다.

예를 들면 이런 식이었다. 할머니가 포기나누기를 해 준 선인장이 꽤 많이 자랐는데, 도시의 변덕스러운 날씨에다 나도 물 줄 때를 잘못 가늠해서, 어느 날 끝내 말라 버리고 말았다.

아무리 내가 식물을 좋아한다 한들, 식물이 마르는 일은 종종 있다. 잘 보살펴 주어도 결국 말라 죽기도 하는 데는 익숙하다.

그런데 나는 감정을 억제하지 못하고, 누렇게 변한 선인장 뿌리에 매달려 마치 사람이 죽은 것처럼 울었다.

줄무늬 딱딱한 가시로 벌레처럼 나를 콕콕 찔렀던 나날들이 점점 멀어지면서 시들어 썩어 간다. 그리고 몸에서 깨끗한 공기가 빠져나간다. 선인장의 죽음은 시간의 흐름을 상징했다.

 나는 하염없이 울었다. 어린애처럼 목이 쉬도록 울어 눈이 두 배로 퉁퉁 부었는데도 울음을 그칠 수 없었다. 나는 엉엉 울면서 신이치로 씨에게 전화를 걸었다.

 "꼭대기에 볼록 튀어나온 새끼가 떨어져 있고, 몸통이 조금 썩기 시작한 그 녀석인가?"

 과연 다육식물의 전문가였다. 신이치로 씨는 어느 것인지 금방 알겠다는 듯 그렇게 말했다.

 "응. 당신이 그렇게 조언을 많이 해 줬는데, 미안해. 요즘 누렇게 뜨는 것 같던 참이라 신경을 좀 썼으면 좋았을 텐데 하루하루가 너무 바빠서 게으름을 피웠더니, 때를 놓치고 말았어. 분하고 후회스러워서 전화한 거야."

 나는 간신히, 울먹울먹 그렇게 대답했다. 무슨 말을 하고 싶은 것인지 나 자신도 알 수 없고, 그냥 눈물만 줄줄 흘렀다.

 "그 선인장, 당신에게는 선인장 이상이었던 모양이지?"

 낮고 조용한 목소리였다. 나는 마음이 조금은 가라앉았다. 남이 알아주면 사람은 의외로 차분해진다. 그래서 이제 어쩔 수 없다는 것을 알면서도 전화를 건 것이리라.

 신이치로 씨는 선인장에 대해서는 전문가니까, 절대 사람처럼 여기지는 않는다. 선인장은 선인장일 뿐 사람과는

아픔, 잃어버린 것의 그림자 그리고 마법

다르다. 그렇게 생각한다. 그러니까 그렇게 곧바로 꼭 집어 말할 수 있는 것이다.

"응, 그런가 봐. 산에서부터 줄곧 같이 살았고, 불이 났을 때도 살아남았는데……. 산의 추억을 공유하고 있는데……. 앞으로도 늘 같이 살 거라고 생각했는데……."

그렇게 말하면서 창가를 보았다. 선인장의 그림자는 이미 없었다. 나는 슬퍼서 또 눈물을 흘렸다.

아아, 조금 전까지 당연했던 일이 지금은 아니다. 이곳에서는 모든 일이 너무 빨리 변하는 듯하다. 보고만 있어도 안심할 수 있었는데, 지금은 유리창이 쓸쓸해 보인다. 유일하게 산속과 같은 풍경이었는데, 이제 없어지고 말았다.

바보 같다는 것은 알지만, 도무지 나를 수습할 수 없었다. 가시는 빛났고 몸체가 당당한 선인장이었다. 그렇게 비참하게 죽어서는 안 되는 선인장이었다. 꽃도 많이 피웠다. 폭죽이 솟아오르듯 송송, 여름밤이면 꽃을 피웠다. 산의 짙은 공기 속에서 느끼하리만치 그 향을 풍겼다.

그런 추억 모두가 선인장과 함께 사라져 버린 듯했다.

나 자신도 '이것은 마음속에 있는 무엇의 죽음을 받아들이는 작업'이란 것을 알고 있었다.

그렇게 해서 독을 밀어내듯 마음은 꿈속에서 그리움과 새 생활에 아직 길들지 못한 부분을 조정하는 것이리라.

자동적으로 신속하게, 그리고 아주 탁월한 방법으로.

청산을 위해서, 나의 뇌는 가장 덜 외로울 방법을 생각하고 있는 것이리라. 지금은 괴로워도 맡길 수밖에 없다. 시간이 모든 것을 소리 없이 데리고 가 버릴 때까지는.

가에데와 가타오카 씨가 돈벌이(이런 표현을 하면 그들이 불쾌해하니까, 나 혼자 마음속으로만 그렇게 생각했다.)를 하러 피렌체로 떠난 후, 혼자서 집을 지키자니 생각보다 많이 바빴다.

그래서 외로움이 마음의 수면에 떠오르는 일은 그다지 없었다. 가에데가 많이 그립고 돌아올 날이 기다려지기는 했지만, 현실 속의 나는 아주 현실적이라서 할머니를 다시 만날 날을 기다리는 것과 같은 심정으로, 지금은 아니지만 앞날에 즐거운 일이 있겠지 하는 기분으로 지냈다.

아마도 하루하루 몸의 움직임에 짓눌린 외로움이 마치 없는 것처럼 검고 둥그런 덩어리가 되어 한가한 때를 기다린 것이리라. 그리고 그렇게 짓눌리다 못해, 꿈속에서 산에서의 생활을 그리워하는 형태로 선명하게 전개된 것이리라.

가타오카 씨에게 "슬쩍하는 건 아니겠지."란 알미운 농담을 들어 가면서도 다달이 입출금을 정리해서 그 서류를 보내고, 예약한 손님의 정보를 메일로 보내고, 그 가운데

가에데가 물건을 만져 보지 않아도 될 만한 고객을 골라 연락을 취하고, 국제전화나 인터넷을 통해서라도 보고 싶은지를 확인하고, 고객이 그렇게라도 해 달라고 하면 일정을 조정하고, 순서대로 애프터케어를 하고, 책의 인세가 들어왔는지도 확인하고. 사람 없는 집을 지키면서 이렇게 할 일이 많을 줄이야 상상도 못 했기에 늘 쫓기듯 일에 매달렸다.

그래도 그 모든 것을 혼자 처리해야 하니까, 아무에게도 "얼마나 힘든 줄 알아?", "서둘러야 돼."라고 말할 수 없으니까, 선인장에게 말하곤 했다.

* * *

도시를 산책하면서 도시의 식물도 도시 사람들처럼 과보호 속에 있다는 생각을 몇 번이나 했다.

내가 아는 산의 식물과는 전혀 달랐다.

산의 식물은 억세고 무모한 까닭에 아무리 잘라 내도 시간이 흐르면 다시 아물고 자라서 절대 줄어들지 않지만, 경외하는 마음으로 다루지 않으면 조그만 분노에서 배어 나온 독과 같은 힘으로 사람을 압도하고 쓰러뜨리는 강하고 마술적인 존재였다. 그것도 아주 드러내 놓고.

도시의 식물들은 배알이 없는 느낌이었지만, 사람에 대

한 반응은 재빨랐다. 잠시라도 애정을 보이지 않으면 기미나 여드름이 생기는 피부처럼, 도시의 선인장은 사람의 보살핌에 따라 금방 빛깔이 바뀐다. 그 점을 '보는 사람의 눈에 문제가 있다'고 생각한 적도 있었다. 물론 일리가 있는 생각이었다. 전체적으로 녹음이 적어서 더 섬세하게 관찰하니까 빛깔의 변화에 민감해지는 것이다. 하지만 그들 역시 아주 섬세해서, 사람의 애정을 양분으로 삼는 정도가 산속 식물보다 훨씬 심했다. 햇볕이 들지 않는 곳에 돋아난 식물이 고생스럽게 뿌리를 널리 퍼뜨리고 표면적을 넓히는 것과 마찬가지로, 도시의 식물은 애정을 양분으로 삼는 법을 터득한 것이리라. 아무리 황폐하고 좁은 마당에서 자랐어도 사람들이 매일 봐 주고 또 그들에게 위로를 주는 식물, 사랑과 보살핌 속에 자라는 식물은 독특한 빛을 내며 빛난다는 것도 알았다. 절반은 인간 같은 느낌이라고 표현할 수 있을까. 나는 그런 식물을 별로 못 보고 자랐기 때문에 새삼 놀라웠다.

내가 도시에서 나름대로 살아가는 것처럼 식물들도 이곳에서 나름의 즐거움과 에너지원을 찾고 있는 것이다. 그렇게 생각하자 산에서만큼은 아니어도 아주 조금은 경외심을 담고 있는 친밀감과 빛이 느껴져 나는 미소를 머금었다. 살아 있는 것은 모두 그렇게 영양을 얻기 위한 기능을 갖고 있다는 것, 섬뜩하고 또 아름다운 일이다.

그리고 신이치로 씨와 할머니는 식물에게 어떤 힘을 발휘하는 멋들어진 재능을 갖고 있다. 식물의 주변 공간에 있는 무진장한 에너지에 자신을 통과시켜, 자신의 일부를 식물에 녹아들게 하는 식으로 어떤 영향을 미치기도 하고 대화 비슷한 것도 한다.

아쉽게도 내게는 그런 힘이 거의 없다. 다만 관찰하는 힘은 있어, 손질이 안 된 정원을 보면 금방 알 수 있다. 사람의 눈길이 닿지 않는 식물은 사람과 교류하지 않는 황량한 사람 같은 기운을 내뿜는다. 강아지가 키우는 사람을 닮는 것과 유사한 이치다.

공원이나 도로가에 선 가로수가 배기가스 때문만은 아닌데 말라비틀어져 가는 것을 보고는 깜짝 놀랐다. 보고 싶지 않고 듣고 싶지 않은 것을 너무 많이 보고 듣는 탓이다. 사람들의 스트레스를 감지해야 하는 위치에 있다는 것도 힘겨운 일이다. 스트레스가 쌓인 인간이 내뿜는 것은 정말 독이라고 나는 새삼 생각했다. 눈에 보이지 않는다고 하찮게 여겨서는 안 된다. 그리고 스트레스가 쌓인 사람은 길거리를 걸어가기만 해도 다른 사람들에게 해가 된다는 사실을 순순히 받아들일 필요가 있다고 생각했다. 과민하게는 아니어도.

산에 살 때, 할머니를 찾아오는 사람들 가운데에도 간혹 몹시 무거운 사람이 있었다. 그런 사람이 약초차를 받아 돌아간 후에는, 집 안 공기가 묵직해지고 어두워지곤 했다. 그것은 난롯불로 집 안을 따스하게 데우고 상쾌한 바람이 스치고 지나가면 사라졌지만, 경험을 통해 정신적으로 고통받는 사람이 내뿜는 에너지가 실제로 공기를 더럽힌다는 것을 잘 알고 있었다. 그래서 사람이 많은 이 부근에서는 더더욱 그런 것이 분명하게 느껴졌다.

* * *

그저 가에데의 어시스턴트에 불과하지만, 오래전부터 몸과 마음 상태가 좋지 않은 사람들을 많이 상대해 온 나도 생각할 수 없을 만큼 이상한 일과 몇 번 조우했다.

예를 들면 단골 선술집에서 만나는, 술을 배달하는 오빠.

늘 성실하게 일은 하지만 활기가 없고 어딘가 모르게 멍한 사람이었다. 언젠가 그 오빠가 팔에 붕대를 감고 있어서 어떻게 된 일이냐고 물었더니, 쉬는 날 축구를 하다가 넘어져서 뼈가 부러졌다고 했다.

나는 몸조리 잘하라는 말을 건넸다. 그 후 몇 주 동안, 그는 볼 때마다 팔에 붕대를 감고 있었다.

그다음 어느 저녁때, 술집에서 밥을 먹고 있는데 그 오빠가 배달을 하러 왔다.

"다음 주부터 삼 주 동안 쉴 텐데, 제가 쉬는 동안 다른 아르바이트생이 올 테니 잘 부탁드릴게요."

무슨 일이 있느냐고 물었더니, 팔을 수술한다고 했다.

"왜요? 깁스도 다 풀었는데."

놀라서 묻는 내게 그는 부러진 곳이 약해져서 앞날을 위해서는 보강을 하는 편이 좋을 것이라는 소리를 의사에게 들었다고 했다.

만약 내가 할머니였다면 더 심한 소리를 늘어놓았으리라.

하지만 나는 이 사회는 산속과 다르니까, 하고 생각했다. 산속에서는 약초차를 사기 위해 일부러 찾아오는 사람들만 접하니까 발언의 권리도 있지만, 이곳에서는 그렇지 않다. 이곳에는 다양한 가치관이 존재하니까, 그 사람에게 유효하다면 굳이 끼어들지 않는 편이 좋을 때가 많다.

"아직 젊으니까, 금방 제대로 붙지 않을까요? 그 후에 뼈가 튼튼해질 수 있는 생활을 하면 될 텐데. 먹는 음식에도 좀 신경을 쓰고."

"네, 그건 그런데 의사가 여기가 부러지기 쉬워진대요. 습관적으로 부러지기가 쉽대요."

그는 미래에 대한 뭐라 표현할 수 없는 애매한 두려움에 지배당한 듯 풀 죽은 목소리로 말했다.

그럴 수도 있으리라고 생각한다. 몇 주 동안 아프고 불편한 생활을 했는데 또 부러질지도 모른다고 하면, 겁에 질려 조심조심 사느니 수술을 해서 단번에 해결하고 싶어지리라.

내 생각에는 오히려 시간이 더 오래 걸릴 것 같은데, 그것이 도시 특유의 서두름이며 사고의 시스템인 듯했다.

"그 의사와 의견이 척척 맞았나 봐요."

소중한 자신의 팔을 가르게 하다니, 어지간히 좋아하고 신뢰하는 사람이 아니면 맡길 수 없을 것이다.

"아뇨. 나 그 의사, 별로 마음에 안 들어요."

그렇게 말하는 그의 눈동자에, 그저 나약하고 친절할 뿐인 평소의 그와는 다른 본능의 광휘가 있었다. 아아, 아름다운 눈이다. 야생의 빛이야, 동물 같아, 하고 나는 생각했다.

"싫으면 그만두면 되잖아요, 수술. 삼 주나 쉰다는 걸 보면 큰 수술인 것 같은데, 신뢰할 수 없는 사람에게 맡기면 안 되죠."

"음, 그래도 부모님이 걱정하면서 하는 게 좋을 것 같다고 해서요. 게다가 수술 날짜도 정해졌고, 또 지금이 아니면 쉴 수도 없으니까."

그는 원래의 나약한 얼굴로 돌아가 그렇게 말했다.

아아, 또야, 이 느낌. 이런 때면 나는 아주 무력해진다.

왜 그런지 전혀 모르겠는데, 몸보다 중요한 일이 너무 많아 몸은 늘 뒷전으로 밀려난다. 마음도 그렇다.

몸과 마음을 뒷전으로 하면서까지 하고 싶은 일이 있는 것도 아닌데, 그렇게 된다. 그것이 인간의, 인간 사회에만 있는 특징이다.

날이 개든 비가 오든 폭풍우가 몰아치든 예정은 변경되지 않고, 전철도 움직인다. 전화도 통한다. 그러니까 몸도 어떻게든 움직여 달라는 식이다.

그래서 잘 풀리면 제 명을 다 살 수 있고 의학이나 수술의 은총을 입을 수도 있지만, 자칫 삐끗하거나 스트레스가 쌓이면 수명은 짧아진다.

가령 그가 일을 무엇보다 소중히 여기고, 그 때문에 불안 요소를 제거하고 싶다면 이 방법은 의미가 있다. 하지만 그렇지 않으리라. 그 때문에 내 슬픔은 커진다. 그는 지금, 중요한 것이 하나도 없으니까 아무튼 불안 요소를 없애자는 생각에 수술하려는 것이다. 그것은 아주 슬픈 일이다.

철야든, 피곤할 때 하는 운동이든, 수술이든, 약이든, 폭식이든, 채식이든, 목적이 있어 하는 것이다. 그리고 그 목적과 위험 부담이 화해를 이룰 때, 가장 강력한 힘을 발휘해 원하는 결과를 얻는 것이다.

하지만 위험 부담을 전혀 고려하지 않은 채 적절하지 않은 시기에 실행하면, 수명만 줄어든다.

나 같은 철부지도 아는 간단한 원리를 모두들 잘 모르는 채 무턱대고 앞으로 나아가는 듯하다.

아직 젊고 무한한 힘을 갖고 있는데, 앞으로 부러질지도 모른다는 이유로 굳이 살을 찢고 뼈에 쇠막대기를 박고, 며칠이나 고통을 감수하는 길을 택하는 사람이 있다.

나는 이해할 수 없다. 하지만 이곳에는 사람이 너무 많다. 내 말이 반드시 옳다고 할 수 없는 세계다.

그래서 조그만 마법을 걸 수밖에 없다.

"몸조리 잘해요. 만약 상처가 잘 낫지 않으면 좋은 약초차를 줄 테니까, 언제든 얘기하고요. 그리고 진심으로 수술이 잘되기를 바랄게요."

"고맙습니다."

왜 그렇게 친절하게 대해 주는 거죠? 라는 의문이 그의 얼굴에 어려 있었다. 내게 마음이 있어서? 아니면 무슨 종교를 믿고 있어서? 그런 의문이. 그렇지 않고서야 그렇게 따뜻한 말을 건넬 리 없다는 식의 슬픈 인생의 주름살이.

'우리는 같은 인간이니까. 누구든 아픈 것은 싫으니까.'

나는 마음속으로만 그렇게 말하고, 생긋 웃었다.

그리고 그 역시 영문을 모르는 채 웃어, 조금은 인간다움을 회복하고는 돌아갔다.

그것이 구원이다. 사람은 사람의 위로를 받고 힘을 얻는다. 그 점만은 산에서나 도시에서나 다르지 않다.

평소의 그는 배달하는 기계로서의 기능을 중요하게 여기니까, 괜한 소리를 하지 않는 편이 좋을지도 모른다. 그가 없어도 누군가 대신할 수 있을 것처럼 보인다. 하지만 인간은 누구도 누구를 대신할 수 없다. 비슷한 정도로 힘이 세서 술병이 든 박스를 그처럼 번쩍 들 수 있는 사람이 와도 그를 대신할 수는 없다. 하지만 하루하루를 살면서, 그 자신도 그렇다는 것을 믿지 못하니까 판단이 이상해진다.

그래도 지금 잠시, 그가 조금은 인간다워졌다. 나는 그런 순간을 보는 것을 좋아한다. 사람이 사람으로 돌아오는 순간을.

* * *

실망할 일만 많은 것은 아니다. 산 생활에는 없었는데 지금 생활에는 있는 것, 그 가운데에서 아주 좋아하는 것이 생겼다.

상점가.

어느 날 저녁 처음 가 보고는 그 북적거림에 무슨 축제라도 있는 줄 알았다.

산에서 살 때는, 사람들 대부분이 한참 떨어진 국도변에 하나 있는 거대한 슈퍼마켓에서 물건을 사는 모양이었다. 이렇게 표현한 까닭은 우리가 너무 깊은 산골에서 여자 둘만 살아서인지 찾아오는 사람들이 늘 무언가를 들고 왔기 때문이다. 몇 안 되는 동네 사람도 시장을 보러 갈 때는 꼭 들러서 필요한 것이 없느냐고 물어 주었고, 단골손님은 산기슭에서 전화를 걸어 필요한 것이 있으면 사 가겠노라고 했다. 나와 할머니가 뭔가를 사기 위해 산을 내려가는 일은 거의 없었다.

그리고 인구가 적은 산기슭 동네에는 잡화상 같은 가게와 술집과 식당이 몇 군데 있고 편의점이 딱 하나 있을 뿐이었다.

그러니까 내가 알고 있는 상점가란 아주 원시적인 상점가였던 것이다.

간판만 썰렁하게 나붙은 가게는 거의 문이 닫혀 있거나, 사람은 있어도 살림집일 뿐이거나, 내다 버린 상품과 종이 상자만 가득 쌓여 있거나, 옛날에 할인 판매를 하면서 붙인 광고가 그대로 붙어 있는 황폐한 이미지였다.

아무것도 없지만 나무와 새들로 시끌벅적한 산의 느낌과 그 쇠락한 느낌을 비교하면, 나는 도무지 상점가라는 것을 좋아할 수 없었다. 그래서 그 활기에 넘치는 상점가에 갔을 때는 그만 감격해서 소리를 지르고 말았다.

"어머, 전혀 다르잖아!"

그 차이는 영상으로만 본 적 있는 바닷속 풍경과 똑같았다.

싱싱하게 살아 있는 산호가 신비로운 색상의 물고기와 함께 알록달록 반짝이는 바닷속 풍경과, 산호가 죽어 허연 바닷속 풍경을 비교한 텔레비전 프로그램을 보고 바다를 잘 모르는 나는 너무도 놀라웠다.

마치 달세계처럼, 또는 폐허처럼 모두가 새하얗게 변한 후에는 소름끼치도록 다양한 색채가 살아 움직이는 공간은 도저히 상상할 수 없다. 그곳에는 죽음보다 훨씬 죽음에 가깝고, 뼈대의 흔적조차 희미해 소리가 빨려 들어가는 폐허처럼 돌아오지 않는 시간에 대한 묘한 패배감 같은 것이 남아 있었다.

이 세상에는 한번 황폐해지면 두 번 다시 활기에 찬 모습을 상상할 수 없는 것이 더러 있다. 돌이킬 수 있다고 생각하면 큰 오산인 것이.

그래서 나는 상점가에 푹 빠져들고 말았다.

길 양쪽에 줄줄이 들어선 가게. 문 닫은 가게나 먼지를 뒤집어쓰고 있는 것은 하나도 없고, 조개와 채소, 찻집 앞에서 볶고 있는 찻잎까지 모두 생기발랄한 향을 풍긴다. 갓 튀겨 낸 크로켓, 갓 만들어 내 매끈매끈한 두부를 매일 볼 수 있다.

바로 근처까지는 보통 주택가인데, 역에서 시작되는 그 외길에 들어서면 갑자기 화려해진다. 길 도중에 아케이드가 있어, 천창으로 빛이 들어온다. 스피커에서는 음악과 사람들의 외치는 소리가 흘러나오고, 사람들은 하루의 피로에서 해방되어 들뜬 표정으로 걸어 다닌다. 그리고 무엇보다 멋져 보였던 것은 그 사람들이 모두 근처에 산다는 공통점만 있을 뿐 하나같이 다른 온갖 종류의 사람들이란 점이었다. 한결같이 어떤 기대감을 품고 모여 있는 분위기가 주위에 넘실거렸다.

가게 사람들은 힘찬 목소리로 손님을 부르고, 물건들은 전구 불빛 아래 반짝반짝 빛난다. 그저 걸어 다니며 구경만 해도 무엇이든 다 가진 것 같고, 기분까지 충만해진다. 전구가 켜진 초롱은 파르스름한 하늘에 뽀얀 빛을 비추며 흔들리고, 유치한 색깔의 꽃장식이 반짝반짝 길가를 수놓는다.

그러다 얼굴을 익힌 가게 사람 몇몇이 나의 건강과 일과 연애 사업에까지 신경을 써 주게 되었다.

나는 놀이공원도 거대한 슈퍼마켓도 필요치 않았다. 최고의 오락을 즐기고 싶거나 사람이 조금 그리운 저녁나절에는 늘 그곳에 갈 수 있었기 때문이다.

아무쪼록 이곳이 오래오래 유지될 수 있기를, 하고 기도하는 마음으로 생각한 적도 있었다. 이곳이 저 산기슭 동네의 상점가처럼 죽어 버리면 어쩌나 싶었다. 하지만 바닷속 산호와 마찬가지로 그 공간 전체가 사람은 알 수 없는 절묘한 균형을 이루고 있으니까, 식물처럼 어디서부터 말라 버릴지, 어떻게 대처하면 좋을지 분명치 않다. 그 북적거림과 화려함은 운이나 흐름과 개인의 힘이 절묘하게 유기적인 조화를 이루어 생겨난 것이고, 그야말로 살아 있는 것이었다.

나는 그 사실에 감동하고 또 조금은 애틋하기도 했다.

슬프고 가슴에 구멍이 뻥 뚫린 것처럼 허망하고 두려운 일이 있으면 사람은 당연한 행복이란 것을 생각하게 된다. 매일 살아 있다는 것만으로, 같은 사람을 만날 수 있다는 것만으로 한없이 기쁘다.

어떤 유의 도시적 삶에는 굉장히 슬픈 일도 없고 당연한 행복도 없다. 상실의 아픔을 제거한 대신 지나친 아픔을 외면할 수 있도록, 멍하게 지낸다. 그런 느낌이 들었다.

당연한 행복이란 예를 들면 이런 것.

생선 가게 할아버지가, 내 단골 술집 아저씨와 아줌마가 어렸을 때부터 줄곧 같은 가게에서 생선을 팔고, 생선 조리법이라면 무엇이든 아낌없이 가르쳐 주었다. 돈도 받지 않고, 노하우를 팔지도 않고, 강습도 하지 않고, 영업도 하지 않고 그저 가게 앞에서 신나게 가르쳐 주었다. 아줌마는 술집을 운영하면서 그 지식이 큰 도움이 되었다고 한다.

할아버지는 동네 사람들이 낚시를 하러 갔다가 물고기를 아무리 많이 잡아 와도, 오백 엔만 내면 며칠이나 식탁에 올릴 수 있도록 깔끔하게 손질해 주었다.

"생선은 무조건 그 가게에 들고 가면 걱정 없어."

이 동네 아이들은 부모에게 그런 소리를 들으면서 자랐다.

그리고 아픔이란.

할아버지는 옛날에는 가게 앞에 나와 팔팔하게 움직였는데, 점점 의자에 앉아 있는 날이 많아지고, 말을 걸어도 생기 있는 반응이 없어지고, 그러다 끝내는 어느 날 가게에서 그 모습이 사라지고, 사람들 사이에서 요즘은 몸이 영 안 좋은 모양이라는 말이 오가고, 그리고 본인도 저세상에 갈 준비를 하고 있다는 것. 사실 슬픈 일은 아닌데, 가슴 아파 하는 것이 인간이다.

그래도 역시 새로 온 손님과 갓난아기가 밝고 환하게 빛나고, 가끔 보기 드문 생선 때문에 난감해할 때면 아직은 할아버지가 나서서 적확한 코멘트로 아픔을 완화시켜 준다. 모두가 차례대로 꼬박꼬박 나이를 먹어 가고, 다음 세대는 또 끝없이 태어난다. 모든 것이 그렇게 흐르고 있다는 사실을 분명하게 아는 것도 나쁘지는 않다. 그런 것, 인간이라는 생물의 정상적인 감각을 나는 산에서 내려와 처음 몸으로 안 듯하다.

요즘은 상점가 사람들에게도 얼굴이 알려져 나를 알아보는 이가 많다.

걸어 다니다 보면 술집 부부나, 좋은 채소가 들어왔다는 말을 깜박 잊은 채소 가게 사람이 찾고 있더라고 누군가가 전해 준다.

사람들과의 교제에 익숙하지 않은데, 신기하게도 나는 그런 일들을 성가시다 여기지 않았다. 이곳에 언제까지 있을지 알 수 없는 인생이라 그런지도 모르겠지만, 그것은 산길을 걸으며 아는 나무와 풀에 자신의 자취를 남기는 것과 비슷해서 안심할 수 있었다.

나는 산의 기운을 어지럽히고 싶지 않아 될 수 있는 한 자취를 남기지 않으려 주의했고, 그 노력은 꽤 성과도 있었지만 내 자취를 완전히 지울 수는 없었다. 아는 사람 서로가 그곳을 보면 '할머니가 벌써 여기 풀은 뜯어 간 모양인데.', '시즈쿠이시, 오늘은 늦나 보네.' 하는 느낌이 식물을 통해 전해지고 만다.

  도시에는 사람들이 너무 많아 뒤섞이기 때문에 자취가 없는 듯하지만, 실은 대부분이 흔적을 남긴다.

  가끔은 남기지 않는 사람도 있다. 슬픈 일이지만, 그런 사람들은 거의 사라져 가고 있기 때문에 남기지 않는 것이다. 하지만 대도시에는, 남기지 않는 것이 좋다는 감각이 늘 존재하는 모양이다.

  더 크고 진실한 눈으로 보면 자신이 한 일은 절대 지울 수 없고, 지금까지 해 온 일과 생활의 모습이 반드시 몸 주위에 남아 있기 때문에, 처음부터 다시 시작하는 것은 정말 어렵다. 그러니까 무슨 일이든 최대한 신중하게 해야 한다. 지금까지 해 온 일과 실패한 일과 얼버무린 일들이 주위에 부연 층을 만들어 그 사람의 윤곽을 애매하게 한다. 그것은 볼 줄 아는 사람은 족히 볼 수 있는 것이어서, 가령 전에 주먹구구식으로 장사를 하다가 빚을 져 가게를 말아먹은 사람이 다시 가게를 내려고 하면 표정이나 분위기만 가지고도 대출을 거절당하곤 한다.

  물론 과거를 지울 수 없는 것은 아니지만, 그러기 위해서는 과거에 어떤 일을 했을 때보다 백 배는 힘을 써야 하고, 매일 자신에게 마법을 걸어 스스로를 설득하지 않으면 안 된다. 그러니까 보통 사람에게는 거의 불가능한 일이고, 할 수 없다고 해도 과언이 아니다.

하지만 '손쉽게 리셋할 수 있는, 아픔이 없는 세계'를 만들고 싶었던 사람도 있을 테니까, 도시란 어쩌면 그런 사람들이 그린 꿈과 환영의 세계인지도 모른다는 생각도 든다. 영원히 계속되는 좋은 꿈도, 꿈으로 끝나지 않는 이상한 환상도 자란다.

거대한 슈퍼마켓의 계산대에는 늘 젊은 언니나 아줌마가 있다. 그들은 직함은 있어도 얼굴은 없으니까, 없어져도 또 새로운 '젊은 언니나 아줌마'가 온다. 그것은 아픔이 없는 생활이다.

그리고 그 때문에 기쁨 또한 죽어 힘을 빼앗기고 만다.

가만히 관찰하면서, 인간이란 얄팍하고 아픔이 없는 생활을 추구하면서도 마음 깊은 곳에서는 역시 그에 저항감을 품고 있다고 느꼈다. 그렇기에 나는 선인 같은 산속 생활로 돌아가지 않고 친구와 애인이 있는 이곳에 머물기로 한 것이리라.

* * *

신이치로 씨는 미련 없이 이혼했다.

가에데와 가타오카 씨가 피렌체로 떠나고 얼마 지나지 않아서였다. 신이치로 씨가 그 과정을 전혀 얘기해 주지 않아 나는 느닷없이 알게 되었다.

어느 오후, 점심거리를 사러 나간 길에 동네를 산책하고 있는데 '방금 전에 이혼이 성립되었습니다.' 라는 문자가 불쑥 날아들었다.

나는 길에서 하마터면 고꾸라질 뻔했다.

비유가 아니라, 정말 몸이 앞으로 기우뚱하면서 힘이 쭉 빠져나간 것처럼 발을 내디딜 수 없었다.

그래서 길가에 있는 화단에 앉아, 내 운동화만 물끄러미 내려다보았다. 꼬인 운동화 끈을 다시 고쳐 매는 사이에 간신히 마음이 진정되었다.

이런 경우, 산속에 있었다면 어떻게 했을까 하고 생각하다가 지금의 따분한 생활에 아직은 길들지 않았다는 것을 깨달았다. 그 시절에는 크고 작은 일상생활의 일 때문에 틈이 없어, 늘 손을 움직이면서 생각을 했다.

올려다보니 파란 하늘에 한 줌 예쁜 구름이 흘렀다. 기분이 한껏 부풀어 오르며 자유를 느꼈다. 아아, 이 자유로운 느낌. 바람이 부는 속도로 날아올라 저 높은 곳에 갈 수 있을 것 같다고 생각했다.

나는 '뭐라뭐라 둘러대지만 불륜은 싫으니까, 그가 결혼한 사람이라는 게 사실은 영 신경이 쓰이는 거지 뭐. 그 점을 분명히 인정해야지.' 하고 종종 생각은 하면서도 그렇게까지 염두에 두고 있을 줄은 몰랐기 때문에 깜짝 놀랐다. 소식을 듣고 몸이 먼저, 바로 그 자리에서 긴장하고 말았다.

그날 밤, 몇 번이나 그 문자를 보았다. 잠시 쉬고는 보고, 잊을 만하면 또 보고, 목욕을 하고 나와 물을 마시면서도 보고.

열다섯 번쯤 보고 그 의미가 흐려질 즈음에야 마음이 차분해졌다.

그리고 전화를 걸었다. 긴장한 상태에서는 이상한 소리를 할 것 같아 시간이 걸렸던 것이다.

신이치로 씨는 금방 전화를 받았다. 여느 때와 다름없는 목소리로.

"문자 봤어?"

"응, 많이 놀랐어."

나는 완전히 마음이 가라앉아 조용한 목소리로 말할 수 있었다.

중요한 순간에 그럴 수 있어 다행이었다.

"이제야 겨우 전할 수 있게 되었군."

"그런데 왜 갑자기 이혼했어?"

좋아한다는 말을 들었을 때보다 한결 기분은 들떴다.

"갑자기 한 거 아니야. 벌써 오래전부터 얘기가 진행되고 있었어. 당신 만나기 전부터."

신이치로 씨는 주저 없이 말했다.

"그럼 왜 그렇다고 자세하게 말해 주지 않았어?"

"혼자 사는 아가씨하고 막 사귀기 시작했는데, 이혼하기 위해서 지금 얘기 중입니다. 그러면 십중팔구 거짓말로 들리잖아. 내가 생각해도 웃음거리다 싶고, 무슨 사기 같잖아. 그래서 부끄러워서 말 못 했던 거야."

"안 그래도 되는데."

"아무튼 결혼을 한 것도 분명한 사실이고, 이혼이 확정된 상태가 아니라는 것도 분명한 사실이라서 말 안 한 것뿐이야."

"그랬어? 옥신각신하지는 않았어?"

"응, 상대가 원래 아주 좋은 사람이라서, 순조롭게 진행되었어."

아주 좋은 사람, 이란 말에 가슴이 찌릿하게 아팠다.

고요한, 고요한 신이치로 씨의 내면. 시간은 절대 무리하게 서둘러 흐르지 않고, 달팽이처럼 느릿느릿 흐른다. 선인장처럼 십 년에 한 번밖에 꽃을 피우지 않아도, 매일매일 에너지를 골고루 발산하고 초록으로 빛난다.

나는 그가 아직 아내가 있는 몸일 때는 그런 성실한 미덕 때문에 이혼해 주지 않는 것이라고 줄곧 생각했다.

그렇게 생각은 했지만, 부모도 모르는 나는 누가 결혼이 무엇인지 아느냐고 물으면 애당초 그 틀 밖에 있었기에 아무런 생각도 떠오르지 않았다.

중요한 것은 늘, 둘 사이에 있는 공간의 색이었다. 그리고 밀고 들어오듯 좁혀지는 박력 있는 거리. 만약 그런 것이 없어져 그물에 걸린 물고기처럼 되고, 그 물고기가 돌이킬 수 없을 정도로 죽어 버린다면 우리는 우리 스스로 그 상태를 가늠하고 헤어질 것이라고 생각한다. 그 정도로 서로가 '이 공간은 이 사람과 함께여야 만들어 낼 수 있고, 그 안에서가 아니면 숨도 쉴 수 없다'는 기분을 공유하고 있었다. 그것은 어쩌면 세상에서 흔히 말하는 삶의 고단함과 비례하는지도 모르겠다.

만난 지 오래지 않아, 초·중·고등학교를 다니는 내내 그가 거의 늘 혼자 원예부 노릇을 했다는 말을 들었다.

"원예부란 게 없었는걸 뭐. 내가 아니면 식물을 돌봐 줄 사람이 없었으니까. 아예 특별 활동반에 들어가지 않고, 수업 끝나면 늘 식물을 보살폈어."

별일 아니라는 듯 말해서, 그다지 신경은 쓰지 않았다.

신이치로 씨를 도와준 사람은, 방과 후에 데이트나 쇼핑이나 특별 활동이 없는 휠체어 탄 친구와 친구의 어머니뿐이었다고 한다. 초·중·고등학교를 다니는 내내 그랬던 모양이다. 이윽고 그들이 참가한다는 미담으로 유명해졌고, 학교의 화단이 예쁘장하다고 동네에 소문이 자자해졌다. 그 덕분에 신입부원이 생겨 원예부가 명맥을 유지했다고 한다. 신이치로 씨는 여자 친구도 만들지 않고 구기 운동도 하지 않고 입시 학원에도 다니지 않고 오직 뒷동산을 손질하고 식물을 가꿨다고 한다.

그리고 그 친구가 심장병으로 죽었을 때, 신이치로 씨는 자신의 진로를 원예 쪽으로 확실하게 굳히고 대학 진학을 포기했다고 한다.

그 얘기를 할 때면 신이치로 씨는 늘 눈물을 글썽인다.

그 뒷동산은 학교를 증축하면서 없어졌다. 신이치로 씨와 친구와 친구의 어머니가 매일 부지런히 다니며 조그만 풀의 종류까지 알았던 그 아담한 우주는 이 세상에서 사라지고 말았다. 그러나 신이치로 씨의 마음속에서 그 푸르른 동산과 나무들은 아무리 오랜 시간이 흘러도 막강한 힘을 지닌다. 없어졌기 때문에 더욱 강건하고 선명하게, 사라지지 않는 마력을 발휘한다. 그 마음속 동산이 그의 원점이라서, 힘든 일에 부딪혀도 그는 언제든 그곳으로 돌아갈 수 있다.

없어져서 더욱 강건해지는 것이 있다. 나의 산 생활처럼. 그곳에 있을 때보다 한층 강한 힘을 지니고 존재하는 것이.

지금까지 살아온 인생에서 아무도 겉보기에는 그저 편협하고 조용할 뿐인 그의 마음속을 이해해 주지 않았다. 그러다 늘 자신의 세계에서 좌충우돌하며 살았던 나와 마침 톱니바퀴가 잘 맞아 인연이 깊어졌다.

그래도 가끔은 생각했다. 병든 선인장을 옮겨 심는 신이치로 씨의 손길을 가만히 들여다보면 그 애정의 깊이에 눈물이 날 것 같다. 어떻게 하면 이토록 냉철하고 공평하고 정성스러운 애정으로 사물을 접할 수 있을까 하고.

그런 때, 나는 그 애틋함을 그의 결혼 탓으로 돌릴 수 있었다.

"이혼, 이혼, 이혼!"

관람석이 꽉 찬 경기장에 울려 퍼지는 함성처럼, 내 머릿속에서 그 말이 맴돌았다.

하지만 그런 생각을 한 후에는 조금은 나쁜 짓을 한 듯한 기분이 들었다. 나는 자신이 그저 질투하고 있을 뿐이라는 것을 잘 알고 있었기 때문이다.

그리고 나는 때로, 생각에 잠겼다.

그들에게도 처음 좋아했을 때의 멋진 추억이 있을 텐데, 지금 같은 상황이 되고 말았다. 그 사실이 마치 나에게 생긴 일처럼 슬펐다.

갓 피어난 조그맣고 하얀 꽃처럼 완벽한 순간을 손바닥으로 감싸면서 "우리 결혼하자, 평생을 함께하자."라고 결정하고 갖가지 깜찍한 계획을 세웠는데, 그 모든 것이 시간의 저편으로 사라져 버려 두 번 다시 돌이킬 수 없다. 끌어잡아당기고 싶어도 마법의 기운은 이미 존재하지 않는다.

그리고 무엇보다 아쉬운 일은 그 기간에 그것들을 대신할 보다 멋진 것, 평온함과 팀으로서의 기능과 깊고 절절한 애정을 두 사람이 키우지 못했다는 점이다.

그 어쩔 수 없음은 우리를 넘어선 보편적인 것이지만, 그렇게 모든 것을 잘 아는 신이치로 씨와 그가 사랑했던 사람에게 그런 일이 생겼다는 것이 이상했다.

분명하게 있었는데, 이제는 없다. 그리고 그 모두가 눈에는 보이지 않는 것이라서 이혼은 참혹하다.

단둘이 산에서 살았을 때 그렇게도 행복했던 할머니와 내가 그 빛나던 생활을 다시는 할 수 없다는 것을 나중에야 깨달았듯이, 그 부부는 새로운 단계로 넘어가기 위해 지금까지의 나날을 등진 것이다.

하지만 그런 많은 생각을 나는 한마디도 입 밖에 내지 않고 그와 지냈다. 그것은 어디까지나 내 사정이고, 그의 인생은 그가 결정하는 것이니까.

그 점을 혼동해서는 안 된다. 아무리 친해도.

줄곧 조용하게 그런 식으로 생각하고 있었다.

이별의 괴로움은 지금 연인이 있다는 것과는 아무 상관이 없다. 그 때문에도 나는 신이치로 씨를 존중하고 싶어 그에게 시간을 주고 가능한 한 질문을 하지 않았다.

산에 있을 때, 여자는 발랄하게 조잘거리면서 그 자리를 리드하는데, 남자는 자신의 기분이 왜 시큰둥한지 모르는 커플이 몇 쌍 찾아왔다. 그 가운데 여자가 임신한 커플이 가장 인상 깊었다.

이혼한 뒤에 젊은 연인과 정식으로 결혼을 하고 새 생활을 막 시작한 데다 아이까지 얻은 참이었다. 두 사람은 몸이 차가운 아내를 위해, 임신을 안정적으로 유지시키는 차를 구하러 온 것이었다. 핑크색으로 온몸을 치장한 여자는 짐승 같은 야생의 냄새를 풍겼다. 그런데 남자는 딱히 풀이 죽어 있는 것도 아닌데 어째 영 떨떠름한 표정이었다.

아아, 그런 거구나, 하고 나는 생각했다. 이렇게 만사가 기쁘고 후련한 상황에 희망찬 앞날을 예견할 수 있고, 생명력에 넘치는 여자가 곁에서 사랑해 주는데도 몸이 과거의 무게에서 벗어나려면 상당한 시간이 걸리는 것이다. 아무리 시원치 않은 과거라도 거기에 아직 혼의 일부분이 남아 있는 한, 그다음 생활을 진정으로 받아들일 수 없는 것이다.

아주 젊었을 때 본 그 경험이 내게는 큰 도움이 되었다고 생각한다.

안 그래도 우리는 아주 소박하게 사귀고 있었다.

우리 둘은 처음이나 지금이나 조금도 변하지 않았다. 거의 완성되어 있으면서도 언제든 아메바처럼 매끄럽게 형태를 바꾸니까, 둘이서 연애라는 식물을 키우는 기분이었다. 이쪽이 웃자라면 저쪽을 살짝 자르고, 비가 오래 오면 화창한 날에 햇볕을 듬뿍 쪼여 주고, 어느 쪽이 물 주는 것을 깜박 잊으면 한동안은 한쪽이 꼼꼼히 물을 주고, 그렇게 서로가 힘을 합해 조금씩, 커다랗게 키워 가는.

헤어질 때, 조그맣게 멀어지는 뒷모습을 보면서 늘 생각했다.

왜 가 버리는 것일까. 방금 전까지 이 손이 그 손을 잡고 있었는데, 문득 돌아보면 이미 닿을 수 없는 곳에 있다.

이별은 없다고 믿고 있는데도 가슴이 찌릿찌릿 아파진다.

그것만이 슬펐다. 그것은 궁극적으로는 사람이 사람이어서 겪는 슬픔이다.

어쩌면 이제 만날 수 없을지도 모른다. 달려가 그 품에 안겨 매달릴까. 아직은 늦지 않았고, 아직은 웃는 얼굴이 보이는 바로 그곳에. 하지만 저 모퉁이를 돌아가고 나면 완전히 보이지 않고, 모두가 꿈이었는지도 모른다는 생각이 든다. 늘 그런 느낌이 들었던 것은 불륜이었기 때문은 아니었다.

가령 함께 살아도, 그가 그인 이상 그런 기분은 가시지 않으리라. 그는 식물처럼 언제든 당당하게 사라져 버릴 것 같은 분위기를 지니고 있다. 그는 지금에만 존재한다. 오지 않은 미래를 사는 일도 없고, 공연한 일에 고뇌하는 일도 없다. 그 대신 완벽하게 열린 상태로 지금의 햇살을 만끽하는, 그런 허망한 느낌이 있었다.

찻집이나 책방에 가면, 연인들이 혹은 친구끼리 여행 가이드북을 보면서 "여기 이 여관의 이게 맛있겠다."라느니 "다음에는 여기 가자."라고 얘기하는 모습을 흔히 본다.

'아, 좋겠다.' 하고 생각할 때도 있지만, 우리는 무슨 일이 생기든 늘 같은 여관에서 만나고, 같은 음식을 먹고, 같은 락교와 매실 장아찌에 기뻐하고, 같은 노천탕에서 계절의 변화를 즐긴다. 여관 사람들이 우리에게 신물이 났다고 해도 과언이 아니었다. 아직 젊은데 우리의 만남은 섹스 중심이 아니라서 늘 소박하고, 그 점에서도 서로 마음이 맞아 편했다. 얘기를 나누다가 스르르 잠드는 날도 있을 정도였다.

"순 노인네들 같다."라면서 이런저런 곳을 다녀 볼 궁리는 하지만, 결국 돌아오는 길에는 같은 산에 올라가 꼭대기를 한 바퀴 돌고, 느긋하게 앉아 경치를 보고, 주발처럼 움푹 파인 정상을 내려다본다. 그리고 케이블카를 타고 내려와 매점에서 선인장 아이스크림을 먹고는 만족한다.

정말 바보스러울 정도로 단조로운 만남이었다. 매번 "와, 아이스크림 맛있다!", "아, 공작이 있네." 하면서 싱글벙글 웃었으니까.

그와 함께, 그와 내가 만들어 내는 공간에 있는 것으로 충분했다. 다른 것은 그 충분함을 부각시킬 뿐이었다. 그 공간은 아주 섬세하고 아름다운 에너지로 충만했다. 계절 따라 변하는 경치는 다만 그 공간에 불쑥 모습을 나타내는 순간의 기쁨에 지나지 않았다. 너무 순조로워 두렵지만, 딱딱하게 굳으면 죽어 버리는 무엇.

별이 총총한 밤하늘처럼, 하얗게 눈 덮인 경치처럼. 사실은 일주일도 채 지나지 않아 깨끗하게 사라져 버리는데, 영원히 계속될 것처럼 화사한 벚나무 가로수처럼.

왜 이렇게 좋아하는 것일까? 하고 종종 생각한다. 그는 사소하지만 늘 의외로움을 보여 주었다. 생각지도 못한 표정, 생각지도 못한 몸짓. 나르시시스트는 아니지만 자신의 내면만 보고 생활해서인지 옷차림과 머리 스타일과 얼굴이 청결하기는 해도 그것은 바깥을 향하지 않는, 사람들의 이목을 전혀 의식하지 않는 청결함이었다. 그리고 웃는 얼굴이 각별했다. 두 번 다시 볼 수 없을 것처럼 애틋하게, 빛나게 웃는다. 눈이 가늘어지면서 덧니가 살짝 보이면, 아, 지금 그렇게 다시 한 번 웃어 봐, 하고 생각한다. 그럴 때마다 나는 시간의 흐름의 허망함을 되새겼다.

그와 함께 있으면 무엇이 떠오를 듯하다. 멀고 먼 옛날의 소중하고 그리운 무언가가.

그냥 웃는 얼굴을 보고 싶다고 생각하는 일은 좀처럼 없다. 어느 정도 나이가 들면 나 같은 촌뜨기도 그럭저럭 패턴을 파악하게 된다. 이런 사람이니까, 이렇게 사귀다가, 언제까지 계속되겠지, 된장국 맛 때문에 옥신각신하겠지, 하기 싫은 운동을 같이 하자고 하면 짜증스럽겠지, 그렇게.

그런데 도무지 그런 예상을 할 수 없었다.

웃는 얼굴을 다시 한 번 보고 싶다. 차례로 옷을 벗고 또 그것을 개는 모습을 한 번이라도 좋으니까 보고 싶다. 우는 모습까지도 보고 싶지만, 울면 너무 슬프다. 그런 마음만이 사랑이다. 어떤 사람이고 무슨 일을 하고 어떤 생각을 갖고 있는지, 그 모든 것이 결국은 웃는 얼굴 안에 들어 있다. 다시 한 번 마주 보고 싶고, 만져 보고 싶고, 웃고 싶다. 그런 기적이 있고, 앞으로도 있을 수 있다는 것으로 충분하다. 웃는 얼굴이 보고 싶고, 사라지는 눈물 방울마저도 보고 싶다. 너무도 투명하고 예쁘니까. 그리고 두 번 다시 눈가에서 빛나지 않을 수도 있으니까.

'지금이 지금밖에 없다는 것을 느끼게 해 주는 것이 연애'라는, 아주 당연한 것을 나는 그를 통해서 처음 알았다.

그가 이쪽으로 오는 일도 가끔은 있지만, 너무도 조심스러워해서 내가 살고 있는 가에데의 집에는 절대 들어오려 하지 않았다. 그 앞에 차를 세우는 것조차 사양했다. 처음에는 '질투하는 건가?' 하고 은근히 기뻐했는데, 그런 것이 아니라 기품이 있고 성격이 조심스러울 뿐이었다.

그래서 이쪽에서 만날 때면 그는 같은 동네에 있는 비즈니스호텔에 방을 잡아 놓고, 밤늦게까지 상점가를 돌아다니거나 술집에 데려가곤 했다. 그러고는 아침 일찍 다시 만나 산책을 하고 차를 마셨다.

처음 비즈니스호텔에 발을 들여놓았을 때, '세상에 이렇게 좁은 숙박 시설도 있을까?' 싶어 정말 놀랐다. 이미지속 형무소의 독방보다 좁다는 느낌이었다. 신이치로 씨에게 그렇게 말하자 "묵은 적은 없지만, 캡슐호텔이라는 것도 있어."라면서 그곳에 대해 설명해 주어 더욱 놀랐다.

드라이어가 뜬금없이 벽에 설치되어 있고, 뭘 집으려고만 해도 자세가 이상해져 다리가 저리는 재미있는 곳이긴 했지만, 우리는 역시 식물을 좋아하니까 선인장 공원 근처에서 만나는 일이 많았다.

그리고 술집 부부에게 "언제 결혼할 거야?"라는 소리를 들으면 신이치로 씨는 얼굴이 빨개지면서 정말 쑥스러워했다.

게다가 진지한 표정으로 이렇게 대답했다.

"한 번 실패한 경험이 있기 때문에 신중하게 하려고요."

아저씨와 아줌마는 결과나 진실 따위에는 별 관심이 없고 그저 그 자리의 분위기로 대화를 이끌어 가는 타입이라서, 사실은 "얼른얼른 해야지. 안 그러면 시즈쿠이시가 할망구가 되잖아.", "그저 그저 좋아서 어쩔 줄을 모르는군." 하고 농담을 하고 싶은데, 신이치로 씨가 너무 진지하니까 어쩔 수 없이 "그렇군요, 그럼 잘 생각해 보세요."라고 대답하고는 답답해한다. 그리고 나 혼자 가면 늘 입을 모아 "그 사람, 성실해서 좋기는 한데, 영 분위기 맞출 줄을 모른다니까!"라고 했다.

* * *

그런 나의 하루하루, 결코 나쁘지는 않았다.

그런데도 신이치로 씨와 헤어져 조금은 피곤한 몸으로 전철을 타고 돌아와, 가에데가 돌아오기만을 기다리는 가에데의 공간, 그 문을 열고 불을 켜고 다녀왔어, 라고 선인장에게 말할 때면 늘 조금은 마음이 찡했다.

그것은 산에서 느꼈던 것처럼 묵직하게 가슴을 에는 찡함이 아니라, 가슴속 어딘가에 따스한 바람이 살랑살랑 부는 듯한 느낌이었다.

할머니와는 매일 이메일을 주고받았다. 내가 상점가의 매력을 쓴 메일을 보내자, 긴 답장이 왔다.

시즈쿠이시에게

지금 사는 곳에 익숙해진 듯하구나. 다행이다.

네 글을 읽고 옛날에는 일본에도 상점가가 아주 많았는데, 하고 그리운 추억을 떠올렸단다.

이곳 중심가에도 커다란 시장이 선다. 하염없이 길게 뻗은 길에 아침 일찍부터 오후 늦게까지 좌판을 벌이는 거야. 휴대전화 커버, 록 가수 그림이나 만화 영화 그림이 그려진 요란한 티셔츠, 남녀의 속옷, 군대에 다녀온 젊은이들이 내다 파는 냄새 나는 군화와 양말, 아주 튼튼해 보이는 가방, 해적판 시디, 대야나 물통 등을 파는 가게가 대부분이지. 그래도 매대를 무슨 망루처럼 높이 쌓아 놓고 거기에다 물건들을 걸어 놓은 풍경은 정말 압권이란다. 그런 있으나 마나 한 가게들이 해묵은 돌길 사이에 끝없이 늘어서 있어.

그리고 채소 시장.

여기 음식은 정말 먹어 줄 수 없을 만큼 맛이 없어서, 늘 채소를 사 와서 직접 해 먹고 있다. 토끼 고기를 많이 파는데 부드럽게 찔 수가 없어 짜증이 나는 바람에 압력솥을 샀더니, 아주 편리하구나. 무엇이든 금방 부드럽게 찔 수 있어서, 지금까지 사용하지 않은 게 후회스러울 정도란다. 그리고 매일 마당에 테이블을 내다 놓고, 그와 함께 촛불을 밝히고 저녁을 먹는다. 저녁을 먹은 후에는 항구가 보이는 언덕으로 산책을 하러 가고.

상점가 중간쯤에 몰타 섬 원주민의 생활상과 발굴된 토기와 조각상을 전시해 놓은 고고학 박물관이 있어. 전시물 가운데 나는 '몰타의 비너스'라 불리는 조그만 여인상을 가장 좋아한단다. 손바닥에 올려놓을 만큼 작은 크기인데, 얼마나 섬세한지 몰라. 터질 듯 풍만한 여성으로 기품이 있고 아주 고요한 느낌이란다. 몇 번이나 보러 갔는데, 봐도 봐도 물리지 않더구나.

세계에서 가장 오래된 거석 문명을 창조한 사람들이 그 한없이 아름답고 고결한 상—거칠거나 야만스러운 구석이 전혀 없어.—을 만들었다고 하는데, 그 사람들이 어디서 왔는지조차 분명하지 않다는구나.

놀랍기도 하고, 수긍이 갈 것도 같은 묘한 기분이었다.

할머니가

첨부 파일을 열어 보니, 받침대에 올라앉아 스포트라이트를 받고 있는 조그만 테라코타 상이었다.

우와, 예쁘다. 눈앞이 어질어질했다. 겉보기는 소박하지만 더하고 뺄 것 없는 완벽한 형태로 어떤 의미를 지니고 있었다. 방금 내린 눈처럼 신선한 생명의 냄새가 여기까지 풍기는 듯했다. 거기에 고대 사람들의 조그만 비밀이 빛나고 있었다. 다이아몬드처럼 빈틈없는 빛을 발하는 아름다운 상이었다.

이 세상에는 내가 아직 모르는, 헤아릴 수 없이 많은 정밀함이 있다. 더 깊고 먼 곳까지 간 사람들이 무수히 존재한다. 자신은 혼자만 간 깊은 길이라고 생각하지만, 이미 누군가가 지나간 길이다. 그것은 나를 오만함과 고독에서 끌어내는 생각이었다.

나 역시 더 많이 보고 더 많이 알고 싶지만, 과연 인생에서 얼마나 많은 것을 어디까지 볼 수 있을까.

　잠시 내 머릿속은 생활의 때에서 완전히 벗어나, 고대 사람들의 기품 있는 정신 생활로 가득해졌다.

　할머니는 내가 이렇게 생각하리라는 것을 이미 알고 있었다는 것이 기뻤다. 그렇게 생각할 내게 보여 주고 싶어 한 마음이 큰 힘이 되었다.

　할머니의 문장은 멋은 없어도 다른 사람은 쓸 수 없는 특유의 맛이 있어, 많은 것들이 전해진다. 일상의 사소한 생각과 풍경, 할머니의 냄새와 건조한 태양의 냄새. 그리고 낯선 곳에서 생활하는 불안과 해방감, 두 감정이 모두 담겨 있었다. 할머니는 툭하면, 흐르고 흘러 어디든 가고 싶다, 이곳이 아닌 곳으로 흘러가고 싶다고 말했다. 흘러서 지금은 그렇게 먼 곳에 가 있으니, 하루하루 가슴속에서 어떤 감회가 끓어오르는 생활이리라.

　나는 할머니의 성품 가운데 끈끈한 정이 넘치지 않는 점을 가장 좋아한다. 이렇게 멀리 떨어진 곳에서 혼자 사는 나를 배려하는 일은 있어도, 친절한 말을 건네거나 무턱대고 물건을 사 보내는 일은 없다.

　옛날부터 그랬다. 기분이 나쁠 때 애써 웃지 않고, 짜증이 난다고 성질을 부리는 일도 없었다. 할머니는 늘 그 자리에 할머니 자체로 존재했고, 그래서 더욱 나는 커다란 무엇이 지켜 주는 느낌 속에 있을 수 있었다.

세상 사람들은 인사를 할 때는 기분이 어떻든 웃고, 자그마한 선물로 서로의 기분을 위무하고, 싸운 후에는 사과를 하면서 감정의 찌꺼기에 변화를 준다. 물론 그것도 좋은 일이지만, 할머니의 엄격하고 일정한 톤은 보다 거대한 것과 이어지면서 느긋하게 흐르는 듯 보였다.

비록 이메일이기는 하지만, 그 여운을 화면에서도 느낄 수 있었다.

그러나 그런 느낌이 아무리 생생해도 메일을 읽고서 싱긋 웃고 고개를 들면, 뭔가 찡한 것이 있었다. 글 속에 있는 생기발랄한 공간에 비하면 내가 있는 공간은 너무도 고요했다.

매일 만나는 사람이 없다. 몸으로 대화할 수 있는 거리, 숨결과 냄새를 공유할 사람이 없다.

가에데의 글 역시 할머니와 비슷했다. 어눌하지만 확실했다. 그가 메일을 보내는 것은 할 말이 있어서이지 나를 배려해서가 아니었다.

가에데는 메일에 이런 말을 종종 썼다.

피렌체의 밤은 너무 어두워서 혼자서는 외출할 수 없으니까, 늘 강가지만 걸어가. 해묵은 다리에 있는 가게들이 부산하게 판을 접고, 그 오래된 풍경 때문에 마치 아주 옛날 거리를 걷는 기분이야. 그래서 강가에서 가만히 건너편 강가를 바라보면, 안 그래도 잘 안 보여서 모든 게 부어니까 환상 속에 있는 것 같아.

아아, 그렇구나 하고 가에데 혼자 걷는 장면을 떠올린다. 아직은 쌀쌀한 계절. 지팡이를 짚고 한 손은 코트 주머니에 묻고 돌길을 걸어가는 가에데의 조그만 등.
하지만 그 멋진 화면에서 문득 눈길을 떨어뜨리면, 내 손이 있었다.

그런 유의 따분함과 유사한 외로움을 느낀 것은 처음인지도 모르겠다. 나는 '따분함'이 요물의 진정한 정체라는 것을 알고서, 꾹 참고 견뎌 냈다. 내게 주어진 것은 지금 이 시간, 오늘 하루뿐. 그런 생각으로.
그 축 늘어진 따분한 기분은 새로운 병균이 온몸으로 퍼져 나갈 때처럼 낯설어, 좀처럼 익숙해지지 않았다. 감기에 걸려 열이 나더라도, 몸이 건강할 때는 하룻밤 고열에 시달리다 씻은 듯이 낫는다. 그런데 상태가 좋지 않을 때는 미열이 오래 계속되면서 나른하고 아무것도 하기 싫다. 그런 때와 비슷했다.

아아, 그때, 가에데가 떠날 때 흘린 눈물의 격렬함에 비하면 지금의 이 외로움은 정말 어중간하다. 전파처럼 내 뇌로 들어와 영향을 미친다. 이 도시에는 지금의 나 같은 기분으로 사는 사람들이 많으리라. 일은 바쁘고, 사랑하는 사람도 있는데, 무엇에선가 동떨어져 있는 듯 어중간하게, 살아 있는 것인지 죽어 있는 것인지 모를 기분에 갇혀 지낸다.

밤을 어슴푸레 뒤덮고 있는 이 최면술 속에.

최면술 속에서 사람은 영원히 살지만 아무것도 느끼지 못한다. 느끼지 못하는데 왠지 외롭고 왠지 부족하고 따분하고, 그러다 죽으면 없었던 일로 하고 다시 최면술 속으로 돌아가 영원히 눈을 뜨지 않는다, 그렇게 생각되었다.

죽은 사람은 유령이지만, 살아 있으면서도 갖가지 절박함을 덜 느끼기 위해 유령처럼 되어 버린 사람들이 이곳에는 많았다. 야생아인 나조차 이렇게 조금은 영향을 받고 있으니까.

그와 정반대 일이라면 나는 마음껏 누려 왔다.

가령 산속에서, 별빛이 번지는 소름끼치도록 어두운 하늘 아래, 사람 앞에서는 좀처럼 잠든 모습을 보이지 않는 할머니가 피곤 때문인지 튼튼한 삼나무 사이에 걸어 놓은 해먹 위에서 어쩌다 꾸벅꾸벅 조는 일이 있었다.

깨워서 방으로 데리고 들어가려고 다가가 들여다보면, 할머니 얼굴에 주름이 옛날보다 많이 늘어 있었다. 눈꺼풀 속에서 눈이 움직이고, 심장이 정확하게 오르내리며 옷에 물결을 만들었다. 보면 볼수록 서글퍼졌다. 여기 나는 절대 닿을 수 없는 한 우주가 있고, 그 시작도 끝도 따로따로 찾아온다.

지금 할머니를 깨우면, 여느 때의 시간이 다시 시작된다.

눈을 뜬 할머니는 하품을 하고 기지개를 켜고서 목욕을 하고 반듯하게 잠옷으로 갈아입고 자기 방으로 가리라.

하지만 언젠가 두 번 다시 눈을 뜨지 않을 때가 오면, 그때는 아무것도 해 줄 수 없다. 할머니 혼자서 간다. 나는 혼자서 배웅한다. 주위에 사람이 있어도, 그 여행은 홀로 떠나는 여행이다.

그렇게 당연한 일도 인기척 하나 없는 거대한 별 하늘 아래, 멀리서 바람이 휭휭 불고 잠든 할머니가 조그맣게 보이는 밤에는 너무도 생생하게 실감할 수 있었다.

그 외로움에 나는 바짝 긴장해 등을 꼿꼿이 펴고, 괴롭지만 눈을 반짝 떴다. 이 상태가 언제까지 계속되는 것은 아니다. 모두가 변한다. 하지만 지금은 눈앞에 있다. 확실한 것은 그것뿐. 그러니까 눈을 똑바로 뜨고 머리도 말짱하게 하고서, 싱싱할 때 맛있게 꿀꺽 삼켜 버리자.

그렇게 생각하면서, 나는 가슴 하나 가득 터져 나갈 듯한 괴로움을 안고 살았다.

아마도 사람이 더욱 하잘것없게 느껴지는 밤의 거대한 어둠 속에서 오래도록 할머니와 단둘이 살았기 때문이리라.

산에서는 밤이 되면 나무들 소리조차 빨려 들어가는 또 하나의 세계가 시작된다. 사람들은 그저 서로의 자그마한 몸을 기대고 아침의 빛을 기다릴 수밖에 없는, 밤이라는 커다란 생명체가 꿈틀거리기 시작한다.

사람이 살아간다는 것은 눈을 부릅뜨면 부릅뜰수록 괴로움도 점점 분명해지는 것이라고 생각했던 때의 기분을 말로 표현하면 간단하다.

"사랑하니까, 부디 지금 그대로 영원히 살아 줘!"

말해 봐야 소용없다. 그래서 물론 할머니에게도 말하지 않았다.

이 생활 속에는 그런 괴로움이 존재하지 않는다. 그래서 마음이 편한 면도 있다. 마음이 활성화되지 않으면 괴로움도 흐릿해진다.

그리고 나 역시 유령이 되고 만다. 그럴까 봐 두려웠다.

'나는 아직은 아니다.' 때로 그렇게 확인하지 않으면 나도 모르게 흐릿해지고 만다.

나이를 먹지 않고, 아무도 죽지 않고, 자신이 죽었다는 것도 깨닫지 못한다. 도시도 변하지 않고, 자연의 생생함도 인간의 뜨거움도 모두 유리창 저 너머로 보인다. 민감한 사람은 몸부림치다 못해 실감을 얻고 싶어 사람을 죽인다. 나는 사람을 죽이고 싶지는 않았지만, 산소가 부족하다고 느끼는 일은 있었다.

에너지를 어디에서 얻으면 좋지? 하고 생각했다.

하늘도 가끔은 그렇게 인간을 유령으로 만들고 싶어 심술을 부리는 것은 아닐까? 하는 의문까지 품었다.

끝내 노이로제에 걸렸나? 싶었지만, 절대 아니다. 나만 이렇게 생각하는 것은 아니라는 것을 어렴풋이 알고 있었다.

이런 식으로 느끼는 사람들끼리 그 조그만 빛을 별처럼 이어서 은하수를 만드는 길밖에 없는지도 모르겠다고 생각하기도 했다.

그렇지 않으면 무언가를 잃어버린다. 이런 식으로 지내면, 정말 끝이 오고 만다.

* * *

여름도 어느덧 끝나 가는 무더운 날이었다.

그날 저녁, 일을 끝낸 나는 또 상점가로 발길을 향했다.

바지락을 넣어 된장국을 끓이자는 것만 정하고, 나머지는 신선한 식료품을 찾든 길모퉁이 가게에서 젊은 부인이 만들어 파는 맛있는 반찬을 사든 하자 했다. 상점가에는 몇 군데 마음에 드는 가게가 있어, 그곳이 걸어 다니는 나의 쇼핑 포인트가 되었다. 나는 음악과 사람들 사이에 섞여, 가끔은 개와 고양이와 스치기도 하면서 상점가 끝에 있는 가게까지 죽 훑으면서 걸어간다.

늘 서점과 스포츠 용품점까지 가면, 아아, 벌써 끝났네, 하고 생각한다.

왠지 가슴이 찡하고, 몹시 실망한다. 실망하는 그 느낌이 또 각별하다.

그때면 갑자기 길이 어두워지면서 역으로 내려가는 계단이 보이기 때문일까. 꿈은 깨고, 북적거림도 축제가 끝난 후처럼 사라지고 만다.

동네와 밤이 진정한 모습을 드러내고, 나는 그것에도 매료된다. 지금까지는 사람이 내는 빛의 세계였다고 자각한다.

그리고 나는 왔던 길을 돌아가면서 천천히 쇼핑을 한다.

이것은 사물이 내는 빛도 아니고 가로등 빛도 아니다. 사람이 내는 빛이다. 각자의 생활과 아는 사람만 다니는 편안함과 이 길 전체를 메우고 있는 안도감, 그리고 조그만 것을 팔고 사면서 꾸려 가는 생계의 빛이다.

오늘은 토마토가 신선하니까 토마토와 계란덮밥에 바지락 된장국을 해서 먹으면 되겠네, 하고 생각하면서 나는 상점가 입구 쪽으로 되돌아갔다. 진지하게 임하면 조촐한 사냥 같은 것, 정말 즐겁다.

도중에 복권을 뽑는 곳이 있고, 누가 뭐에 당첨이 되었는지 간혹 종소리가 울려 퍼졌다. 달짝지근한 금속 냄새가 나는 아주 좋은 소리라서, 가에데가 있는 피렌체의 종도 이렇게 공기를 흔들면서 울릴까, 아니지, 더 멀리까지 낮고 묵직하게 울릴 거야, 하고 생각하면서 나는 단골 생선 가게에서 바지락을 에누리해 사고, 열빙어까지 샀다. 그리고 빨갛게 익은 토마토를 한아름 샀다.

그리고 딱 한 장 받은 복권을 들고 줄에 서서 구슬이 나오는 뻥뻥이를 한 바퀴 돌렸더니, 웬걸 색깔 있는 구슬이 또르르 굴러 나왔다.

전파상 아저씨가 종을 쳤다.

종소리가 울리면서 사방이 밝아진 듯한 기분이 들었다.

"아가씨, 축하해! 독신자용 조그만 비디오 텔레비전이 걸렸어!"

아저씨가 신이 나서 커다란 목소리로 말했다.

온 세상이 PDP 텔레비전에 열광하는 요즘 시절에, 아마도 남아돌아가는 재고품이겠지만 술집에서나 텔레비전을 보는 내게는 반가운 선물이었다. 들고 가기에는 너무 무거워서 집으로 보내 달라고 부탁까지 하고 가에데의 집으로 돌아갔다.

그 일 때문에 내가 점점 더 피곤해질 줄은 모르는 채.

사흘 후 저녁나절 텔레비전이 도착했다. 전파상 아저씨가 직접 배달을 왔다. 설치까지 해 주겠다고 하는데, 조그만 것이라 방으로 옮겨만 달라고 하고서 차를 대접했다.

"여기 에어컨이 수명이 다 된 것 같던데. 언제든 상관없으니까, 일 있으면 찾아와요."

아저씨는 그렇게 말하면서 에어컨의 실외기까지 점검해 주었다. 그리고 이런저런 얘기를 나누다 돌아갔다. 방은 다시 조용해졌다. 사람이 떠난 자리 특유의 묘한 조용함이었다. 그 느낌의 영향도 있었으리라고 생각한다.

나는 허겁지겁 종이 상자를 뜯고, 설명서도 제대로 읽지 않은 채 설치를 하고 전원을 켰다.

그때는 자각하지 못했는데, 사실 할머니는 물건을 그렇게 다루는 것을 가장 싫어했다.

말린 약초를 걷어 들일 때, 멀리서 온 편지의 봉투를 뜯을 때, 한 동네 사는 사람이 가져온 감자가 그득하게 담긴 상자를 열 때, 내가 허둥지둥 서두르면 할머니는 호되게 꾸짖었다.

"그렇게 거칠게 다룬 것은 거친 색으로 물들고 말아. 그리고 한번 물든 색은 좀처럼 벗겨지지 않고, 오히려 사람이 그에 휘둘릴 때까지 힘을 지닌다. 처음이 중요한 거야."

어렸을 때는 성질이 급해서, 어떻게 뜯으나 내용물은 똑같은데 뭐, 하고 속으로 생각했는데, 약초차에 관해서 조금씩 알게 되면서 어쩌면 그게 아닐지도 모르겠다는 생각을 하게 되었다. 영적인 심오한 이유가 있을 수도 있겠지만, 그것까지는 잘 모른다.

다만 그것을 허술하게 다룬 기억이 자신과 그 사물 사이에 배어들어, 절대 지워지지 않는다는 것은 분명한 듯했다.

그렇게 텔레비전과의 만남은 거칠고 허술했는데, 나는 그야말로 그런 식으로 텔레비전에 푹 빠져들었다. 물론 산에도 텔레비전은 있었지만, 바빠서 거의 볼 틈이 없었다.

나는 우선 정보지를 사 들고 와, 방에 있을 때는 늘 텔레비전을 켜 놓았다. 몇 시부터 몇 시까지 보는 프로그램을 정하고, 달리 볼 것이 없을 때에는 뉴스를 보았다. 뉴스를 보다 보니까 세상에는 늘 끔찍한 일만 일어나는 듯해서 "이건 흔치 않은 일이니까 뉴스거리가 된 거야." 하고 자신을 납득시켜야 했다. 그러지 않으면 거리를 마음 놓고 걸을 수도 없을 듯한 기분이 들었다.

그런데도 텔레비전을 통해 머리가 좋아 보이고 활기찬 사람을 보면, 친근하게 지내는 친구 같은 느낌이 들어 밤의 따분함과 외로움이 많이 줄어들었다. 텔레비전에 등장하는 사람들은 기본적으로 모두 건강하고 머리도 좋아 보이고 말도 잘하고 밝았다.

하지만 그 모두가 사실은 아니라고 나는 생각했다.

사람들은 힘든 일, 괴로운 일, 빛나지 않는 것, 초라한 것, 피비린내와 내장 냄새가 나는 것은 보고 싶어 하지 않는다. 사실은 보고 싶은데, 보고 나면 갖가지 생각을 하게 되니까 가능하면 피하려는 것이다. 한때 텔레비전을 무성하게 장식하던 사람들이 병이나 돈, 스캔들 때문에 빛을 잃고 나면 용의주도하게 화면에서 배제되는 것이 그 증거다.

상점가 역시 그렇다. 사람은 사람을 좋아하고, 사람을 보고 안심하고 싶고, 사람의 빛을 보고 싶기 때문에 텔레비전을 보는 것이라고 나는 생각했다.

그리고 나는 다큐멘터리를 많이 보면서, 세상 사람들의 갖가지 고통과 기쁨, 생활 감각과 그들이 사는 자연에 대해서 열심히 배웠다. 지금까지 전혀 몰랐던 동물의 생태와 식물을 보았다. 바다도 많이 보았다. 그것들에 관계된 사람들의 모습도 보았다. 자연과 의료 활동을 위해 마음을 다하는 사람들이 있다는 것도 알게 되었다. 나는 그런 것을 볼 때는 늘 손에 땀을 쥐었다.

텔레비전을 통한 체험 속에는 좋은 것이 아주 많았다.

세계에서 벌어지는, 지금까지 몰랐던 것을 알게 되는 것이 가장 좋았다.

그리고 보나 마나 한 것도 많았다.

나는 산속 우리 집을 뻔질나게 드나들었던 영업 사원 같은 사람은 많지 않을 것이라고 생각했다. 그런데 실은 그렇지 않았다. 같은 종류에 같은 강제성을 띠고 같은 인상의 웃는 얼굴과 같은 열의를 보이지만 무언가가 결여된 사람들이 아주 많다는 것을 알았다. 그들은 직업병에 걸린 사람들이었다.

흔치 않아야 할 사람들이 그렇게 많다니, 나는 내심 놀라웠다. 마치 만화 같다고.

할머니는 그런 사람들을 이렇게 설명했다.

"그런 사람은 틀에 갇혀 있으니까, 자기만의 비밀이 있어야 돼."

그것이 변태 취미든 밭일이든 가족을 열심히 챙기는 것이든 무엇이든 상관없으니까 자기만의 생활이나 시간을 갖지 않으면 틀에 갇혀 질질 끌려 다니다가 돌이킬 수 없는 데까지 가 버리고 만다고 종종 말했다.

사냥꾼에게는 사냥꾼의 틀, 술집 주인에게는 술집 주인의 틀이 있듯이, 양복 차림의 사람들에게도 틀은 있지만 다수가 한꺼번에 행동하기 때문에 틀과 자신을 혼동할 가능성이 있다고 한다.

예를 들어 신이치로 씨는 늘 등을 약간 구부리고 섬세하게 손을 움직이는, 식물을 다루는 사람다운 혼자만의 틀을 갖고 있는데, 어떤 직업에 종사하는 대다수가 갖고 있는 틀은 신이치로 씨 경우와는 조금 다른 듯했다. 자신과 일치하지 않기 때문에 알게 모르게 스스로를 침식해서 마음이나 몸에 병을 일으키는 일도 있는 듯하다.

그리고 내가 전에 살았던 아파트에서 사람을 죽이고 태우는 소동을 피운 그 냄새나는 사람들. 이 세상에는 그런 사람도 실은 많다는 것도 알게 되었다. 얼굴 주변의 색이 푸르죽죽하거나 누르뎅뎅하거나 거뭇거뭇하고, 번들번들 빛나고, 돈과 밤의 거리를 좋아하고, 언제 어떻게 화를 낼지 알 수 없는 사람들. 피부가 지저분하고 고약한 냄새가 나고 끈끈한 꽃향기 같은 향내를 풍기는 남녀들.

그런 사람들에도 하나에서 열까지 다양한 계층이 있다. 돈 때문에 그런 체질이 되었다가 돈의 색에서 벗어나지 못해 이상한 식물처럼 자란다. 그런 것이 인간 사회의 특징인 듯하다.

그런데 나는 그 점에 대해서 실망을 느끼거나 절망하지 않았다.

그런 사람들이 넘쳐 나는데 왜 이 세상이 끝나지 않지?

오히려 그 의문에 감동하고 말았다.

그런 더러움과 냄새 속에서도 꿈쩍 하지 않다니, 그리고 그 사람들이 밤에 빛나는 이끼류처럼 제각기 아름답게 살 수 있도록 허용하다니, 세상이란 굉장한 정화 능력과 포용력을 갖고 있지 않은가, 그러니 신뢰할 만하지 않은가, 하고 생각했다.

마치 거대한 고래 같다. 높은 파도를 일으키며 물을 꿀꺽꿀꺽 삼키고 토해 내면서, 유유자적하게 마치 새처럼 바다를 헤엄치는 저 생물 같다.

그렇게 거대한 생물 속에 있는데 내가 걱정할 일이 뭐가 있을까, 하고 생각했다.

나는 그저 이곳에서 조그맣게 빛나다가 사라질 뿐. 조그만 이야기를 만들어 내고. 그것으로 족하다.

* * *

머리에 소용돌이처럼 한꺼번에 정보가 흘러 들어와, 나는 더더욱 멍해지고 말았다.

이곳에서는 산에 있을 때의 절반 정도 감수성으로도 살아갈 수 있다. 단지 살아가는 것뿐이지만, 그랬다.

산속에서 이렇게 둔감했다면, 아마 발을 헛디뎌 골짜기에 떨어지든지 곰이나 어떤 동물에게 잡아먹혔든지, 맨발로 강을 건너다가 못이나 돌부리에 찔려 파상풍에 걸리든지 했을 것이다.

안전을 행복이라 여긴 것은 처음의 반년 정도뿐이었다. 곰곰이 생각해 보면 차에 치일 수도 있고, 벼락을 맞을 수도 있고, 계단에서 굴러 죽을 수도 있다. 이 안전은 속임수다. 수명이 다하면 집에서 텔레비전을 보다가 죽을 수도 있지 않은가. 비교적 안전하다는 것을 절대 안전하다고 착각하고 있을 뿐이다. 이 착각의 세계에서 텔레비전은 아주 유효하다. 그 상자에 등장하는, 동화 속 인물 같은 사람에게 위로받으면서 사람들은 아무리 따분해도 그럭저럭 내일을 맞는다.

나는 무슨 일이든 시작하면 알 때까지 죽어라고 하는 장점이자 단점을 갖고 있다. 텔레비전을 죽어라 보았더니,

그 힘의 막강함을 알게 되었지만 때가 이미 늦어 버렸다.

나는 나도 모르게 어떤 중독증에 빠져 있었다.

아침에 일어나면 먼저 텔레비전을 켜고 시계 대신 바라본다. 일이 끝나고 난 밤에도 마냥 켜 놓고 집안일을 한다.

왁자지껄하게 웃음소리가 나면 잠시도 눈을 떼어서는 안 되는 채소들을 팽개치고 텔레비전으로 눈길을 돌렸다.

이거 이상한데. 이런 증상을 알고 있는데, 나.

산으로 자주 찾아왔던 알코올과 마약 중독증 때문에 재활 훈련을 받는 사람들과 내가 비슷한 냄새를 풍기고 있었다. 실제 냄새는 서로 달랐지만, 내 얼굴 주변의 인상은 비슷했다. 그런 사람들은 얼굴 주변에 긴장과 힘이 모여 있고, 혼이 약간 위에 떠 있는 느낌이다. 간을 해독하는 차를 끓여 주는데, 몸이 잠길 만큼 차를 마시고 어리둥절할 만큼 수면을 취하지 않으면 혼이 몸으로 온전히 돌아오지 않는다.

거울 속의 내가 그런 표정을 띠고 있는 것을 보고는, 아뿔싸 하고 생각했다. 그런데도 밤 아홉 시가 되면 오늘은 그 프로그램을 하는 날이지 하면서 무의식중에 텔레비전을 켠다.

한 시간만 보자, 중요한 프로그램만 보자고 생각하지만 문득 돌아보면 마냥 켜 놓고 있다. 그러고는 '지식이 늘어

나는데 어때.' 등등의 이유를 찾는다.

그야말로 중독 증세였다.

걱정을 끼치고 싶지 않아 가에데에게는 말하지 않았지만, 할머니에게는 털어놓았다.

금방 답장이 왔다.

시즈쿠이시에게

너 자신은 그렇지 않다고 생각할지 모르겠지만, 아직 새 환경에 적응하지 못한 듯하구나. 보지 않으려고 하고, 알지 않으려고 하는 일도 많겠지.

새로운 곳이란 늘 그렇단다.

나도 이 섬에서 생활하면서 문득문득 갇혀 있는 느낌이었다. 어쩌면 이곳에서 인생이 끝날지도 모른다는 생각, 내일이 없는 느낌을 '그럴 리 없지.' 하고 지우고 또 그렇게 생각하게 되기까지 시간이 꽤 걸렸어. 저녁때, 바람 부는 언덕에 올라 공기 속에 떠다니는 거름 냄새를 맡고, 저 멀리까지 계속되는, 다른 별의 사막처럼 색다르고 마른 경치가 분홍색으로 물드는 것을 보다 보면, 모든 것이 나의 착각이었다는 것을 겨우 깨닫게 된단다. 나는 어디에 있든 변함없고, 그래서 아무 데도 갈 수 없고 또 어디든 갈 수 있다고. 그것이 진실이라고.

지금까지 그런 일이 없었던 것은, 가에데 선생이 가까이에서 너를 지켜 주었기 때문이라고 생각한다. 그런 의미에서, 가에데 선생은 세상 경험이 풍부한 만큼 너보다는 훨씬 어른이겠지. 그리고 너의 그런 면을 이해하기 때문에 너를 지켜 주고 동시에 너의 신선한 감성에서 자극을 얻기 위해 자신이 없는 동안 너에게 집을 보라고 한 것이겠지.

인간이 어느 정도 약한지는 나도 몸이 저리도록 알고 있다. 그리고 누구든 한 번쯤은 어떤 시기에 무엇엔가 의지하게 마련이야. 즐기는 선을 넘어서 의지하고 말지. 즐거움을 얻자고 존재하는 것에 오히려 즐거움을 준다면, 그것은 노예가 되었다는 뜻이지. 하지만 그건 흔히 있는 일이야.

무슨 일이든 그렇다. 선인장을 보살피는 일이든, 등산이든 모두 그렇게 될 가능성이 있어. 너도 많이 보았잖니. 몸이 엉망진창인데도, 다리에 부상을 입었는데도, 자기 두 발로 걸어가지 않으면 안 된다면서 기를 쓰고 산을 올라온 사람들을. 때로는 그런 목표가 사람으로 하여금 정신적인 큰 강을 건너게 하기도 한단다. 하지만 대개의 경우, 그것은 자신의 힘겨움을 구실 삼아 보다 큰 것에서 도망치려는 행위일 뿐이란다.

선인장은 너도 잘 알잖니. 선인장은 지나치게 손을 대거나 지나치게 신경을 쓰면, 그걸 무겁게 여긴단다. 자신의 감정을 너무 짙게 드러내면 선인장에게는 오히려 해가 돼. 서로가 동등한 입장에서 요란스럽지 않게 기꺼이 힘을 내며 존재할 때, 선인장은 더 기뻐하고 더 잘 자란다. 그런 걸 보면 살아 있는 생물은 모두 이기적이고 자기 마음에 편한 것을 좋아하는데, 그것이 정말 서로를 돕는 길인지도 모른다는 생각이 드는구나. 이런저런 생각 끝에 하는 일은 대개가 거짓이야.

우선은 네가 새로운 환경을 감당하지 못해서 따분해하고 외로워하고 있다는 사실을 인정해라.

그리고 막연하게 그냥 텔레비전을 켜 놓지 말고. 당분간은 해독 구실을 하는 차를 마시고, 음식을 만들 때든 산책을 할 때든 선인장을 보살필 때든, 아무튼 한 가지 일을 할 때에는 그 일만을 하도록 해. 들어오는 정보의 양을 제한하고, 뇌를 쉬게 해라. 텔레비전은 가장 맛있는 초콜릿이라 여기고, 소중하게 볼 것. 볼 때는 열심히 보고. 그리고 무엇보다 인연이 있어 너에게 온 텔레비전을 싫어하지 마라. 적이라고 생각하는 힘과 그에 이끌리는 힘은 똑같은 것이니까.

그리고 또 한 가지, 죄책감을 갖지 마라. 약한 자신에게, 사소한 일로 변화한 자신에게. 누구든 그럴 수 있어. 너만 깨끗하게 살 수는 없어. 반성하고 생활을 바꾸는 것은 바람직한 일이지만, 죄책감은 따분함과 외로움에 좋은 먹이 같은 것이란다.

이곳 몰타 섬의 영어 회화 교실에는 일본인 유학생이 많이 다니고 있다.

아무것도 없는 섬이니까 다들 고독하고 따분할 거야. 질 나쁜 남자에게 걸려든 여학생도 많고, 공부에는 관심이 없고 놀기만 하는 학생도 있다. 의논 상대가 되어 주기도 하고, 집에서 재워 주기도 하고, 마셔 보라고 차를 주기도 한다. 그래도 일본에 있을 때 본 젊은이들에 비하면 여기 젊은이들의 얼굴이 더 다부져 보여. 멍하지 않고. 이곳의 건조한 공기와 반짝반짝 빛나는 바다와 여기저기 숲처럼 무리 지어 있는 선인장과 대지에 단단하게 뿌리 내린 올리브 때문일까.

네가 걸린 그 병, 어쩌면 도시 특유의 병인지도 모르겠구나.

그러나 한번 면역이 되면 괜찮아. 넌 원래의 너로 돌아갈 거야.

할머니로부터

역시 대단해, 우리 할머니. 인생 상담에 답하는 사람 같다고 생각하면서 나는 그 메일을 읽었다.

할머니의 힘과 온기가 전해졌다. 어리석은 내 고민에 할머니가 진지하게 답해 주어, 부끄러웠다.

그리고 조금은 허전하기도 했다.

산에서는 내가 할머니의 사생활을 독점하고 있었는데, 이미 서로 다른 생활이 시작되었다. 나는 그 젊은 학생들이 부러웠다. 할머니를 만나고, 의논도 하는.

가슴이 찌릿찌릿 아팠다. 아아, 고통스러워서 가슴을 움켜쥘 것 같았다.

마치 실연을 한 것처럼. 나도 이곳에서 새로운 생활을 하고 있는데, 마치 할머니에게 버림받은 것 같다. 내가 모르는 사람들이 할머니 생활의 중심에 있다니, 믿기지 않는다.

하지만 그 아픔은 확실하고 진정한 아픔으로, 내 혼을 뒤흔들었다.

다른 형태가 되었을 뿐이다, 사랑이 사라진 것은 아니다.

그렇게 생각하며 마음을 다독였다. 열심히, 다독였다.

이런 아픔에는 별이 총총한 하늘을 올려다볼 때처럼 눈이 반짝 뜨인다.

이것도 나만의 보물, 조그맣고 빛나는 비밀의 감정이다. 그리고 언젠가는 나를 더 살리는 마법이 된다.

톡, 상자에 담아 놓자. 어둠 속에서도 조그맣게 빛나

리라.

"아니, 요즘 뭐 하고 지낸 거야?"

오랜만에 술집에 얼굴을 내밀었더니, 아줌마가 물었다.

카운터 자리에는 아무도 없고, 안쪽 테이블에 한 가족이 있을 뿐이었다. 가게에 크로켓을 튀기는 고소한 냄새가 가득했다. 카운터도 기름 때문에 반짝거렸다.

타인이 만든 안주는 맛있다. 그저 물에 불린 미역에 가다랑어포를 뿌렸을 뿐인데도 맛있다. 나 같으면 미역도 이렇게 자르지 않을 것이고, 생강도 듬뿍 넣을 것이다. 하지만 그러면 자신의 맛밖에 나지 않는다. 아무리 입에 맞는 맛이라도 자신의 맛뿐인 세계는 역시 싫증이 난다. 타인이 만든 것에는 그 사람의 버릇이 들어 있고, 그 버릇은 또 다른 타인에게서 온 것이기도 하다. 그래서 더욱 맛있는 듯하다.

"글쎄 텔레비전에 푹 빠져서, 내내 텔레비전만 보고 있었어요."

"아아, 그러고 보니까 복권 당첨이 되었다고 했지. 그때 그렇게 좋아하더니."

아줌마가 고개를 끄덕거리면서 말했다.

"네, 바보처럼 내내 텔레비전만 봤어요."

내 입으로 타인에게 그렇게 말하니까, 기분이 후련해졌다.

"그거, 원숭이가 자위하는 거 배웠을 때하고 비슷하구먼."

아저씨가 그렇게 말했다가 아줌마에게 혼이 났다.

"당신도 엊그제 텔레비전에서 크로켓 특집 보더니 푹 빠져서 사흘 내내 크로켓만 만들고 있잖아. 나도 아이도 이제 신물이 난다는데. 가게 전체가 끈적거린다고."

"가끔은 새 메뉴를 만들어야지, 안 그러면 나도 신물이 나. 다행이지 뭐, 시즈쿠이시. 남자나 술에 빠지는 것보다는 텔레비전이 훨씬 싸게 먹히잖아."

"그건 그렇지."

두 사람이 싱글벙글거리는 바람에 나는 할머니의 친절한 말에도 조금은 남아 있던 죄책감을 별것 아닌 것처럼 시원하게 날려 버렸다. 그리고 갓 튀겨 낸 크로켓에 소스를 듬뿍 끼얹어 시식 삼아 먹었다. 다 먹을 즈음에는 얼굴을 막 씻은 것처럼 기분마저 상쾌해졌다.

좋아하는 사람의 목소리에는 정말 굉장한 힘이 있네, 하고 나는 깜짝 놀랐다. 직접 보고 듣고 느끼는 사람의 반응, 손의 감촉, 표정, 목소리의 울림은 내가 생각하는 것보다 훨씬 강한 힘을 갖고 있다.

내가 정작 몰랐던 인간의 힘. 사람끼리 나누는 대화에 담긴 대단한 파워가 놀라웠다. 이렇게 큰 비밀이 숨어 있다면, 나는 산속에서 식물을 상대하는 편이 무언가 더 확실하지 않았을까? 하고 식은땀이 났을 정도였다.

하지만 그 식은땀조차 아줌마의 웃는 얼굴에 잦아들고 말았다.

그렇다, 이렇게 서로의 마음이 깊이 겹치면서 사람 사이가 순조롭지 않을 수도 있고 또 사랑하게 될 수도 있는 것이다. 자신은 도무지 어쩔 수 없는 기분에 사로잡히는 일도 있는 법이다. 혼자인 나는 자신의 기분이 어떻게 움직이는지 꼼꼼히 관찰하고서야 가에데에게 점쟁이 일이 얼마나 힘겨운 것인지를 비로소 헤아렸다.

그 모든 움직임을 마음속에 복사하고 언어로 바꿔 상대를 편안하게 해 주려면, 자신의 톤을 어지간히 강하게 유지하지 않으면 안 되리라.

잘 아는 사람이라면 수월하게 그리 해 줄 수 있을지도 모른다. 하지만 잘 모르는 사람을, 제한된 정보만을 가지고도 사랑으로 대할 수 있다니.

그 순간, 나는 가에데가 애처로워 전보다 백 배는 더 그를 좋아하게 되었다.

떨어져 있어서 오히려 가에데를 하나 둘 알게 된다.

"그래도 난 텔레비전 내내 켜 놓고 보는 거 좋던데."

아줌마가 말을 계속했다.

"우리 친정이 채소 가게를 했는데, 어렸을 때는 늘 텔레비전을 보면서 숙제를 했어. 텔레비전 소리와 함께, 아버지와 엄마가 채소를 팔면서 손님과 얘기하는 소리가 들렸어. 그런 세대였던 거지 뭐. 지금은 좀 달라졌지만. 그리고 밤에는 가족이 모여 텔레비전을 보면서 얘기도 하고, 그러다 나하고 동생이 잠들면 아버지하고 엄마가 얘기하는 소리가 작아지는데, 그런 때도 텔레비전 소리는 계속 듣고 있었어. 집 안에서 나는 소리와 어우러져서 내게는 자장가 같은 것이었지. 지금도 텔레비전을 켜 놓은 채 꾸벅꾸벅 졸다가 퍼뜩 눈을 뜨면 우리 애 아빠 뒷모습이 친정아버지의 젊었을 때 뒷모습인 줄 착각한다니까. 애 아빠가 담요를 덮어 줘서 배 있는 데가 따뜻하잖아. 그럼 지금이 언젠지도 모르겠고, 내가 몇 살인지도 모르겠어. 어린 시절로 돌아간 것 같고, 기분이 얼마나 느긋하고 좋은지 몰라."

생글거리는 아줌마의 얼굴은 텔레비전과 함께 좋은 추억을 만든 사람의 얼굴이었다. 아줌마가 말하는 도중에 아저씨가 쑥스러워하면서 "내가 만병통치약이라니까." 하고 말했지만, 아줌마는 못 들은 척 무시하고 내 얼굴을 똑바로 보면서 말했다. 그런 아줌마에게 박력이 느껴져, 나도 모르게 할머니가 떠올랐다.

"우리 애도, 부모가 밤늦게까지 술집에서 일하니까 환경이 좋다고는 할 수 없지만, 저녁때는 가게에서 모두 저녁을 먹잖아. 텔레비전도 보고 프로그램 얘기도 하면서. 그게 우리 가족의 단란한 시간이야. 가끔 가족 여행을 가면, 가서도 와와 소리를 지르면서 텔레비전을 봐. 그러다 애가 잠들면 살며시 이불에 갖다 눕히고, 그러고도 나하고 아저씨는 또 텔레비전을 보는걸. 그 소리가 아이의 기억에 좋은 추억으로 새겨지지 않을까. 그야 물론 내용이 재밌으면 좋겠지만, 너무 자극적이거나 나쁘지만 않으면 무슨 상관이야. 거의 배경음악 같은 건데."

아줌마의 얘기를 들으면서 할머니가 한 말이 점점 더 선명하게 이해되었다.

'내가 대체 뭘 하고 있는 거지?' 하고 생각했다.

무엇이든 상관없다. 마법은 어디에든 존재한다. 크로켓에도 컴퓨터에도 전화기에도 쓰레기통에도. 거기에 사람과의 추억이 어려 있으면, 어떤 것이든 마법의 장치로 바뀔 수 있다.

텔레비전 상자를 조심스럽게, 정성껏 뜯을걸 그랬다. 이왕 혼자서 빨려 들어갈 듯 보는 거, 텔레비전에 감사하고 친구가 되었으면 좋았을걸 그랬다. 앞으로는 마음이 없는 인연은 만들지 않도록 하자. 그런 우악스러움이 나를 점차 둔감하게 하고 내 목을 조르는 것이다. 지금은 혼자니까 괜찮지만, 가에데가 돌아오면 가에데에게 누를 끼치게 된다. 할머니도 그런 말이 하고 싶었던 것이다.

그 술집 가족의 그림은 내가 체험한 것도 아닌데 살에 담요가 포근하게 감기는 리얼한 감촉과 함께 내 마음속에 살며시 자리를 틀었다.

* * *

그날 밤 나는 어묵국을 끓였다.

누가 하지 말라고 하는 것은 아니지만, 가에데의 서양식 집에서 어묵을 끓이자니 왠지 분위기를 망가뜨리고 있는 듯한 기분이 들었다. 하지만 그 색다른 느낌이 마치 야외 생활에서 오는 느낌 같아, 그런대로 좋았다.

창문에도 보기 좋게 김이 서려, 가에데가 있던 정겨운 겨울 같았다.

이윽고 온 집 안에 맛있는 냄새가 가득해지고, 어묵은 나를 위해 부글부글 끓어 주었다. 누군가가 기다리고 있는 그 느낌이 좋아, 나는 신나게 사무를 처리했다.

아아, 이제 조금 있으면 따끈한 음식이 맛있어지는 계절

이네, 하고 느끼면서. 그렇게 어느 날 갑자기 따끈하게 끓인 음식이 먹고 싶어진다. 도시에 있어도 계절은 무시할 수 없는 형태로 나날이 밀고 들어온다. 몸도 마음도 여름의 끈끈한 수분을 왈칵 쏟아 내고는 차분하게 가라앉는다. 그래서 그것을 도와주는 차나 음식을 먹는 것이다.

갑자기 추워져서, 선인장 공원의 공작들도 추워하겠지, 온실 주위에도 가을 바람이 싸늘하게 불겠지, 신이치로 씨는 선인장에 주는 물을 꼼꼼하게 조절하기 시작했겠지, 하고 생각하면서. 신이치로 씨를 떠올리면 그 배경인 계절도 아름다운 색을 띠었다.

상점가를 거닐다가 어묵을 할인해서 팔기에 신이 나서 그날 밤 메뉴를 어묵국으로 정한 것이다. 할머니의 레서피에는 없는 지쿠와부*란 재료를 넣어서.

내가 지쿠와부를 모르는 것으로 봐서, 할머니가 원래는 이 지역 사람이 아닐지도 모른다고 생각했다. 하지만 할머니의 과거를 들추는 것은 위험한 일이다. 내 부모가 어떤 사람들이었는지 생각하는 계기가 되기 때문이다.

내가 아는 할머니의 역사는 할아버지와 결혼한 그즈음

---

* 대나무 통 형태의 어묵인 지쿠와와 유사하지만 재료는 생선이 아니라 밀가루이다.

부터 시작된다. 그것이 초혼이었는지 재혼이었는지도 나는 모른다. 호적에는 할머니가 할아버지와 처음이자 마지막 결혼을 한 것으로 되어 있지만, 미인에다 수수께끼로 가득했던 할머니에게 그전에 남자가 없었을 리 없다.

나는 할머니의 애정을 조금도 의심하지 않는다. 하지만 수수께끼가 있다는 것만으로도 내 안에 조그만 구름이 생긴다. 그 구름이 점점 커지면 마침내 경치마저 가려 버리리라. 비가 좍좍 쏟아지는 날의 유리창처럼, 유리창 너머에 있는 모든 것이 뒤틀려 보이리라.

하지만 다행히 그런 일은 없었다.

내 안의 구름은 내가 굳이 의식할 것도 없이 그 자리에 뚝 멈춰 있다.

아마도 내가 '한 점 티끌 없는 사실을 알고 싶다.'라고 생각하지 않기 때문이리라.

가을 하늘은 높고 투명하고, 모든 것이 빛 속으로 몰려나온 느낌이다. 하지만 눈길을 살짝 돌리면, 거기에는 새와 여름의 흔적인 구름과 가을이 되면서 피기 시작한 금목서의 향이 있다. 모든 것이 있고, 그리고 투명함이 있다.

그런 것이라고 생각한다.

아무튼 나는 상점가 어묵 가게의 말이 없고 어묵처럼 살

결이 뽀얀 아줌마에게 "지쿠와부를 몰라? 아직 먹어 본 적 없어?"란 소리를 듣고, 처음 그런 먹을거리가 있다는 걸 알았다.

"뭔데요 그게? 우동의 일종인가요?"

나는 그 묘하게 생긴 하얀 통을 보고 그렇게 물었다.

"하기야 밀가루를 반죽해서 만들었다는 건 같지만, 이건 이렇게 가로로 잘라서 어묵국에 넣어 먹으면 맛있어. 다음 날에는 맛이 배어서 더 맛있고."

아줌마는 그렇게 말하며 웃었다. 정말 맛있는 음식 얘기를 할 때의 말투였다.

나는 내심 '그럴 리가 있나. 이런 게 무슨 맛이 있을라고.' 하고 생각하면서 "그럼, 한번 먹어 볼게요." 하고는 샀다.

그리고 어묵국에 넣어서 잠시 끓였더니 지쿠와와 아주 비슷하게 생겼는데 지쿠와는 아니고, 적당히 밴 맛이 일품이었다. 끓이면 끓일수록 맛있을 것 같았다. 이런 첫 경험이 기쁘다. 그리고 권해 준 아줌마와 또 지쿠와부 얘기를 나눌 수 있다. 이렇게 근육이 붙는 것처럼 나와 이 동네의 인연이 조금씩 깊어진다. 아주 사소한 일이지만, 이런 일들이 모이고 모여 나 자신이 된다고 생각하면, 하찮게 여길 수 없다.

앤티크 가구 사이로 어묵국 냄새가 차오르는데, 전화벨이 울렸다.

"네, 여보세요."

"너, 뭐 끓이고 있지? 국물 냄새가 여기까지 난다."

가에데가 말했다.

"앗, 들켰네. 그런데 어떻게 알아요?"

"맛있는 냄새가 났으니까."

상식적으로 생각하면 있을 수 없는 일이지만, 가에데는 정말 느낄 수 있다. 이런 일이 다반사였다. 그에게는 아주 자연스럽게, 전화기 저편에 있는 이쪽의 모습이 여러 가지 형태로 전해진다.

나는 피렌체의 해묵은 거리와 강이 보이는 그의 방 유리창으로 어묵 냄새가 쓱 스치는 광경을 상상해 보았다. 쓱, 조금은 달짝지근하게. 불가능하리만큼 맛있게. 그것은 진짜 냄새가 아니라 마음속 냄새. 이곳을 그리워하는 가에데의 마음이 어우러져 한층 좋게 느껴지는 달콤하고 애틋한 냄새다.

"지금 어묵국 끓이고 있어요."

"그 서양식 집에서? 내 앤티크 법랑 냄비로?"

가에데는 어이없다는 듯이 중얼거렸다.

"맛이 배려나."

"괜찮아. 배면 또 어때서."

가에데는 따스한 목소리로 말했다.

"그런데 무슨 용건이죠?"

나는 메모지를 꺼내고 물었다. 그러자 조금 주저하면서 가에데가 말했다.

"음, 어쩌면, 가타오카가 거기 갈지도 몰라서, 알려 주려고."

"어머나, 갑작스럽네. 가타오카 씨 혼자서?"

"응, 혼자 잠깐 귀국하려는 모양이야."

"가에데는 같이 안 오고?"

"……응, 이번에는 가타오카 혼자야."

"알았어요. 언제 오는데?"

"그것까지는 못 들었는데, 내일은 일본에 있을 테니까, 아마 들르겠지."

가에데의 목소리를 들었더니, 힘이 나는 듯했다. 그리고 차분한 무언가가 굳건하게 뿌리를 내렸다. 사랑하는 사람이 남긴 파문. 찡하게 가슴으로 스미는, 국물처럼 아리아리한 힘을 나는 꼭 껴안았다.

나를 위해서만 산다면, 나는 아주 작다. 하지만 나를 필요로 하는 사람이 있으니까 나는 보다 큰 힘을 발휘할 수도 있고, 또 발휘하고 싶어 하는 것이리라. 하지만 가에데는 눈앞에 없었다. 그것은 점프를 하기 위해 몸을 바짝 움츠릴 때처럼 조금은 허전한 날들이었다.

* * *

그리고 며칠 후, 가타오카 씨가 전화도 없이 불쑥 찾아왔다.

청소를 하고 있는데, 창밖에 그의 모습이 보였다.

내가 가타오카 씨를 그렇게 좋아하고 있을 줄은 그를 본 그 순간까지 상상도 못 했다.

그는 내게는 그저 귀찮은 존재라고만 생각하고 있었다.

그런데 문을 지나 그가 들어오는 것을 봤을 때 비로소 나는 그를 한 인간으로, 그리고 객관적으로 파악할 수 있었다.

그가 열심히 살아온 사람이라는 것이 그 호리호리한 모습과 고급스러운 옷과 매서운 눈초리, 온갖 곳에 새겨져 있었다. 그랬다. 흔히 볼 수 없을 정도로 순수하고, 정직하고, 심술궂고, 질투심이 많고, 따스하다.

나는 그 사실을 새삼스레 깊이 이해했다.

온몸이 그의 성품을 알알이 드러내고 있었다. 그렇게 솔직한 사람은 흔치 않다. 스스로는 자신이 어떤지 알지 못해 윤곽이 흐릿한 사람이 아주 많은데, 오랜만에 보는 그는 더욱 또렷하게 보였다.

만약 내 앞에서 누가 울면 나는 우선은 위로하며 껴안아 주고 싶어진다. 하지만 그런 마음을 꾹 참는 버릇이 있다. 우는 것은 나쁜 일이 아니고, 슬픈 일도 아니라고 생각하기 때문이다. 그리고 가만히 쳐다보고, 쳐다보다가 전체적인 냄새를 느끼고서야 어떻게 할지 정하는 것이다.

하지만 가타오카 씨는 그렇지 않다. 나중에 배신을 당하더라도, 적절하지 않은 행동이더라도, 껴안고 함께 울 사람이다. 지금까지 험한 일을 많이 당했기 때문에 지금은 억제하고 있을 뿐이다. 그렇다는 것을 불쑥, 생생하게 느꼈다.

나는 서둘러 현관으로 갔다.

"집 관리 제대로 하고 있는 거야? 남자나 데리고 오고 그러는 건 아니겠지!"

그의 첫 말이 그랬다. 하지만 웃는 얼굴이었다.

"물론이죠."

나도 미소를 지었지만, 눈물이 주르륵 흘렀다.

가타오카 씨는 보고도 못 본 척 윗옷을 벗고는 옷걸이에 슬며시 걸었다. 그 몸짓이 그윽하고 침착해서 내 마음도 사뿐히 가라앉았다. 그리고 더는 울지 않고 차를 끓일 수 있었다.

응접실에서 오랜만에 가타오카 씨와 마주했더니 집 안의 공기가 생기 있게 움직이기 시작했다. 그 시절처럼, 그리고 앞으로처럼. 창밖의 녹음은 가을 하늘 아래 선명하고, 방 안의 불빛은 따스한 주전자를 반짝반짝 비췄다. 선물로 들고 온 초콜릿은 맛이 아주 진했다.

차를 마시면서 나는 가볍게 텔레비전 얘기를 꺼냈다. 요즘 텔레비전이 나를 지배하고 있는데, 이제는 많이 괜찮아졌다고.

"너, 외딴 시골에서 시공을 초월해서 온 원시인이니? 산에는 텔레비전 없었어?"

"있었죠. 나오는 채널은 세 개밖에 없었지만."

"그럼 왜 고작 텔레비전 같은 거에 휘둘리는데? 너, 역시 생각했던 것보다 바보다. 멍청이."

가타오카 씨는 입을 벌린 채 계속 말했다.

친근한 사람이 한 집에 있다는 느낌과 그 말투에 내 마음의 막이 활짝 걷혔다.

말이 앞서는 데는 두 가지 패턴이 있다.

한 가지는 사실은 말하고 싶지 않은데 자신의 것이 아닌 말을 그 자리의 분위기 때문에 그만 뱉어 버리는 경우. 그리고 또 한 가지는 사실은 말하고 싶은데 스스로 억제하기 때문에 말하지 못하다가 믿을 수 있는 사람이 앞에 있으면 말이 살아 움직이는 것처럼 제멋대로 튀어나오는 경우.

이번은 그야말로 후자였다.

"나, 사실은 망설였어요."

"뭐라고?"

가타오카 씨의 눈이 번쩍 빛나면서 보호자나 선생의 눈으로 바뀌는 순간이었다.

"여기 있어야 되는 건지 말아야 되는 건지. 하지만 여기 있기로 이미 결정해서, 괜찮아졌어요. 나, 여기 있는 동안은 식물의 힘을 절대 빌릴 수 없으니까. 도시에서는 약초차를 만들 수 없거든요."

나는 그동안 생각했던 것을 타인 앞에서 처음으로 말이라는 형태로 바꿨다.

말하는 내 눈에서 눈물이 방울방울 나왔다.

"만들 수는 있지만, 그건 그냥 차일 뿐이에요. 지금까지 내가 해 온 일이 여기서는 아무 도움도 안 돼요. 그럴 리 없다고 몇 번이나 다시 만들어 봤고, 할머니에게 섞는 방법도 확인해 봤으니까, 착오는 없는데. 그런데 아무리 해도 약해요. 어쩌면 생명력이 약한 도시 사람들에게는 그 정도로 충분한지도 모르죠. 그래도 산속에서 만들었을 때처럼, 생명이 처음 태어났을 때의 바닷물 같은, 걸쭉한 수

프 같은 차는 안 나와요. 모든 게 다 바뀌었는데, 나만 그걸 모르고 있었던 거죠."

"야, 들으면 들을수록 더 바보네!"

가타오카 씨는 한마디로 그렇게 말했다.

"너, 그렇지 않다고 억지로 믿으려고 하는데, 사실은 과거에 매달리고 있는 거야. 집착하고 있는 거라고. 그리고 자신을 아주 특별한 존재라고 여기고 있는데, 그 근거가 없어질 것 같으니까 초조해하는 거라고."

그 말이 나를 쿡 찔러, 숨이 끊어질 것 같았다.

가타오카 씨는 계속했다.

"그야 물론 슬픈 일이고, 여기 흙은 힘이 없으니까, 그 흙에서 자라는 식물도 힘이 별로 없겠지. 산에서 자라는 식물과 비교도 안 될 정도로 말이야. 하지만 난, 여기로 오는 시점에서 바보가 아니고서야 왜 그런 걸 예상하지 못했는지 그걸 모르겠단 말이야. 애당초 왜 온 거야? 사람과 인연을 맺고 싶어서 산에서 내려온 거잖아? 그리고 넌 지금 여기에 있어. 그렇다면 할 수 있는 건 딱 두 가지지. 지금의 생활을 받아들이고 그 안에서 할 수 있는 걸 찾든지, 아니면 보따리 싸들고 산으로 들어가서 할머니의 뒤를 잇든지. 다만 내가 지금 말할 수 있는 것은, 산에는 언제든 돌아갈 수 있다는 거야. 네 애인도 식물 전문가라면서? 그럼 언젠가 둘이 산에서 살면 되잖아. 하지만 그건 지금이 아니지. 난 네가 없어도 상관없지만, 가에데에게는 정말 필요하다고. 난 네가 가에데를 도와주었으면 싶은데, 넌 여기서의 새로운 생활에 흔들린 거야. 화재 사건도 있었고, 때맞춰 우리도 외국으로 나갔고 말이야. 하지만 넌 여기에 있을 수밖에 없잖아? 그렇다면 지금 할 수 있는 일을 열심히 하면 되는 거지. 어차피 네가 만드는 차는 할머니의 차에 비하면 반쪽짜리밖에 안 될 테지만, 넌 매달릴 게 그것밖에 없었던 거야, 그렇지? 하지만 힘이 약한 차라도 효과가 전혀 없는 건 아니잖아. 그렇게 공부한 거 언젠가는 반드시 살릴 수 있을 거야. 그리고 너는 애당초 차 전문가가 아니잖아. 그 점을 착각하고 있다는 게 걱정스럽다."

"하시는 말씀, 지나칠 정도로 잘 알겠어요."

나는 쑥스러워 웃고 싶어졌다.

"내가 보기에 너는, 할머니에게 어시스턴트의 기술을 교육받았어. 넌 어시스턴트로서는 프로야."

가타오카 씨는 내 웃음을 무시하고, 그렇게 딱 잘라 말했다.

"정말 그럴까요? 나는 그렇게만 살아서 다른 건 잘 모르니까, 모르겠어요."

"네가 얼마나 대단한지, 넌 모른다니까. 분하지만, 나는 아무리 발버둥 쳐도 가에데를 그렇게 도와줄 수 없어. 가에데는 변했어. 전에는 일을 피하고 싶어서, 이렇게 출장을 갈 때도 늘 노는 게 절반이었다고. 그러고는 금방 상태가 안 좋아져서, 어디가 아프다 가렵다 칭얼거리면서 쉬고 싶어 했다고. 지금도 전혀 그렇지 않은 건 아니야. 하지만 네가 온 후로, 가에데의 일하는 태도가 바뀌었어. 신기한 일이지만 너는 냄새도 잘 맡고, 네가 만든 차는 가에데의 건강 관리에도 도움이 커. 그러니까 가에데를 지켜 줄 수 있는 거지. 힘들게 산에서 내려왔으니까, 당분간은 지금처럼 지내도 상관없잖아? 그렇게 안절부절못하면서 어떻게든 독립해 보려고 하는 거, 아직 백 년은 일러."

말투는 얄미웠지만, 눈빛은 부드러웠다. 내가 뭐라고 끼어들 틈조차 없을 만큼 말이 빨랐지만, 그래서 더욱 내가 관찰해 온 그의 확신이 빛났다.

내 마음은 한 겹 한 겹 눈가리개를 벗겨 낸 것처럼 자유를 되찾으며 날개를 퍼덕이기 시작했다. 당연한 일을 굳이 말하지 않아 자신을 무겁게 만들었던 것이다.

"가타오카 씨, 나 가슴이 후련해졌어요. 과연 남들 위에 선 사람이라고, 정말 지금 처음 느꼈어요."

"그렇게 사람을 놀리면 안 되지."

가타오카 씨가 웃어 나도 웃었다. 이제 울지 않아도 된다. 우는 시간이 이제야 완전히 끝났다. 정말 굉장하다. 현실 속에서 대화를 나눠 서로의 감정을 정리하고 일을 앞으로 끌어 나갈 수 있다니. 이것은 그의 재능, 또 하나의 마법이라고 생각했다.

"이거 서류하고 기타 등등이에요. 알 수 있도록 메모도 해 놓았어요. 그런데 무슨 급한 일이라도 있어서 온 건가요?"

"그건 왜?"

"갑자기, 그리고 혼자 왔으니까."

내가 그렇게 말하자, 가타오카 씨는 좀 머쓱해하면서 말했다.

"아무 말도 못 들었어?"

"네. 그냥 갑자기 귀국하게 되었는데, 들를지도 모른다는 얘기만 했어요."

"아니, 가에데하고 대판 싸웠을 뿐이야. 이쪽에 볼일도 좀 있었고, 당분간 떨어져서 머리를 식히는 게 좋을 것 같아서."

가타오카 씨는 부끄러워하면서 말했다.

아아, 그래서 가에데의 말투가 애매했구나, 하고 나는 수긍이 갔다.

"후후후, 바람이라도 피운 건가요. 어느 한쪽이?"

약점을 보이기는 피차 마찬가지라는 즐거운 기분으로 물어보았다.

"아니, 그저 너무 바쁘니까 서로 스트레스가 좀 쌓였던 거지. 가에데는 눈이 잘 안 보이니까 더 답답하고 짜증이 났을 테고. 그 때문에 우체국에서 소매치기를 당한 것도 그를 피곤하게 했고."

"아, 가엾게. 그런 건 초능력으로 알 수 없나요?"

"초등학생 수준의 질문이로군."

"그냥 말해 본 것뿐이에요."

"그리고 일 때문에 의견 충돌도 몇 번 있었고."

"가에데의 일에 무슨 문제가 있을 수 있나요? 그렇게 잘 알아맞히는데."

"이 촌구석 생활에 너무 익숙해져서 감이 좀 둔해지기도 했고, 해야 할 말을 하지 않아서 멀리서 찾아온 손님을 실망시킨 일이 몇 번 있었거든. 특히 살인이나 실종, 환자 같은 경우는, 그의 내면에서 아직 확립되지 않은 것 같아. 어떻게 말을 해야 하는지 말이야. 통역이 사이에 끼어들면 더 어렵고."

"실망하는 건, 상대 마음이잖아요. 그리고 빗나가는 일은 절대 없을 텐데."

"그건 그렇지만, 마음이 무거운 사람에게는 그와 같은

분량의 에너지로 대답해서, 조금이라도 수긍하고 그 무게를 덜게 한 다음에 보내야지, 안 그러면 힘들거든. 아무튼 그는 욕심이 너무 없어. 그러니까 납득할 만한 방법을 못 찾는 거지. 점은 멋지게 봤는데, 상대의 감정에 물들어 밤잠을 못 자는 일도 있다니까. 너무 불안정해."

가타오카 씨는 근심스러운 표정으로 말했다.

"그런 일을 하면서 욕심이 많으면 금방 무너져요. 그리고 가에데는 아직 훈련하는 중이잖아요. 심각한 사건은 아직 버거울 거예요. 이 부근에서는 그런 일이 거의 발생하지 않으니까. 살인이나 실종, 중병은 가능하면 적은 편이 좋기도 하고. 물론 어쩌다 그런 일이 생기니까, 점술가들이 심혈을 기울여 임하는 것일 테지만요."

"알기는 하는데 말이야. 다만 그 친구 마음이 너무 약해서, 사실 이 일에는 맞지 않아. 그러니까 하고 싶은 마음이 없지. 늘 피하려고만 해. 곁에 있고 친하니까, 그런 게 더 답답한 거야. 결국 그 친절하고 약한 마음 때문에 늘 이류 신세잖아."

"하지만 가에데가 행복하면 그걸로 족하잖아요. 이류면 어때요."

내 입으로 그렇게 과감하게 잘라 말한 것을 보면, 진심으로 그런 생각을 갖고 있는 것이다.

"신이 보기에는 별 차이 없지 않을까요. 가에데는 사람들에게 무척 친절하고 정성스러워요. 사람의 마음을 차분하게 가라앉히죠. 그런 걸 잘하는 사람이 한 명쯤 있다고 나쁠 건 없잖아요."

나 자신은 가까이에 없으니까 도와줄 수 없는 아쉬움도 있었다. 가타오카 씨는 그의 애인이지 어시스턴트가 아니다. 게다가 애인이기 때문에 감정에 치우쳐, 다른 점술가를 판단하듯 하지 못하는 점도 많으리라.

가타오카 씨는 부드러운 눈빛으로 나를 보았다.

"나도 그렇게 생각해. 하지만 점을 보러 온 사람 입장에서는, 그 친절함이 원망스러운 경우도 얼마든지 있을 수 있고, 정이 정보를 가로막는 일도 있어. 남들은 보지 못하는 것을 보는 걸로 벌이를 하니까, 제대로 보고 제대로 전했으면 하는 거지. 그런데 가에데는 자꾸 외면하려는 경향이 있어. 그 때문에 스트레스가 쌓이는 거야. 그만한 재능이 있으니까 호랑이처럼 자기를 제어해야지, 안 그러면 정신적으로도 좋지 않잖아."

"그래도 각자 저마다 특기가 있잖아요? 살인이나 실종은 가타오카 씨 학원에서 수업받는 냉철한 사람이 보면 되지 않을까요? 내가 보기에 가에데의 특기는 사람이 행복해질 수 있는 형태를 보는 것인 듯한데⋯⋯. 그리고 병을 예방

한다든지……. 가볍고, 깊고, 하지만 구제할 수 있는 것이 그의 테마라고 생각해요. 그리고 사물에 관한 힘이 가장 대단하니까, 집에 있는 정체를 알 수 없는 골동품이나 갑자기 죽은 사람의 유품을 보고 거기에 숨겨진 비밀 같은 것을 읽어 내어 유족들의 의혹을 해소시켜 줄 수 있고. 그런 분야가 가에데의 주특기 아닐까요."

나는 지금까지 가에데의 일을 보면서 느낀 것을 솔직하게 말했다.

"응, 알아. 다만 나는 정말 힘든 일을 해결하는 사람들, 보고 싶지 않은 것을 봐 가면서까지 사람들에게 봉사하는 사람들의 아픈 마음을 잘 아니까, 가에데가 안이하다고 생각하는 거지."

"그거, 친근한 사람에게는 오히려 혹독하게 구는, 사랑에 빠진 사람 특유의 약점일까요."

"역시 그 친구에게는 냉정해지지 못하는 걸까……."

두 사람은 침묵했고, 동시에 가에데의 약하고 상냥한 마음을 조금은 가엾게 여겼다. 그런 일은 처음이었지만, 아마도 진정이었으리라. 그 기품 있고 어린애 같은 성품이 그의 한계를 결정 짓는다. 하지만 바로 그런 면을 나나 가타오카 씨는 한없이 사랑했다.

"그래도 각자가 무리하지 않고, 자신의 재능을 보살피고

키워 나가면 충분한 것 아닐까요. 만약 그렇게 하는데도 벌어먹고 살 수 없다면, 세상이 나쁜 거죠. 그렇게 생각하면 어떻게든 되지 않을까요. 모두가 함께 먹고살 수 없으면 내 잘못이라고 생각하는 듯한데, 그건 내가 보기에는 난센스예요. 평생을 살아도 자신이 아닌 것은 될 수 없으니까. 자신을 관철하는 길밖에 없어요. 왜 SMAP*도「세상에 하나뿐인 꽃」이라고 노래하잖아요. 가에데는 가에데가 있는 장소에서 자신이 해야 할 일을 성실하게 하면서 손님을 봐주고, 그리고 나머지는 뭘 바꾸든 결정하든 신이 할 일 아닌가요? 게다가 아무리 규모가 크고 처참한 어둠을 보는 사람이라도 어딘가 약점은 분명히 있을 거예요."

"너, 텔레비전 정말 많이 보나 보다. 난 그런 노래 몰라."

"나리타 공항에서 시디 사 가지고 가세요."

"그래도 일리는 있을지 모르지. 나, 어쩌면 내 사랑 가에데가 지금보다 더 유명해지기를 바라는지도 모르지."

"가에데는 앞이 안 보여요. 그것만으로도 충분하잖아요."

"뭐가?"

"고통이요."

"그렇군."

---

* 일본의 인기 남자 아이돌 그룹.

가타오카 씨는 부드러운 눈길로 나를 보면서 고개를 끄덕였다.

"그러니까 더 이상 그렇게 먼 데까지 가려고 하지 않아도 되잖아요."

분명하게 그렇다고 생각되었다.

"때로 이런 생각을 해."

잠시 침묵한 뒤, 가타오카 씨는 히죽히죽 웃으면서 조금은 부끄러운 듯 말했다.

"만약 가에데가 날 배신하면, 난 그를 묵사발을 만들어 버릴 거라고 말이야. 나쁜 소문을 퍼뜨려서 일도 할 수 없게 만들고, 도와주지도 않고. 사과를 하러 찾아와도 만나주지 않을 거야. 내가 사 준 비싼 지팡이는 빼앗아서 옥션에 내다 팔고. 가에데가 너무 어린애 같고 오만하다고 느껴질 때면, 그런 광경이 보고 싶어질 정도야."

"정말 열렬하네요."

나는 어이가 없으면서도 흐뭇한 마음으로 말했다.

"그냥 호색한이지, 뭐."

방해꾼이었으면 좋겠는데, 징글징글한 인간이었으면 좋겠는데, 나는 점점 더 그를 좋아하게 된다. 받아들이게 되고, 그 범위도 점차 넓어진다. 좋아하는 것이 많아지면 고

달파서 살아가기 힘드니까 선인장과 할머니면 충분하다고 생각했는데, 이곳에 온 후로 소중한 사람이 하나 둘 늘어나 도무지 감당이 안 된다. 차라리, 이렇게 늘어나다가 언젠가는 폭발해 버렸으면 좋겠다고 생각한다. 그리고 내게는 벅찬 커다란 빛이 되었으면 좋겠다고.

"나도 노력해서, 시즈쿠이시는 가에데에게 없어서는 안 될 존재라는 소리를 들을 만큼 열심히 서포트할 테니까, 둘이 화해해요. 다 같이 키워 나가요."

나는 아주 진지하게 말했다.

"야, 얼굴이 그게 뭐야. 아하하하하…… 헉, 힘들다, 너무 웃겨서. 가에데 말대로 너하고 있으니까 진짜 마음이 편해진다."

그런 말까지는 안 해도 되는데 싶을 정도로 몇 번이나 그렇게 말하면서 가타오카 씨는 연신 웃어 댔다. 그러고는 조금 밝아진 말투로 얘기했다.

"화해는 할 거야. 돌아갈 때는 가에데가 좋아하는 명란을 커다란 상자로 사 들고 갈 거고. 명란은 냉장을 해야 하니까 비행기 안에서도 냉장고에 넣어 달라고 부탁해서 고이고이 가져갈 거야. 그걸 보면 가에데가 내 이 진한 마음을 분명 알 테니까."

"과연 명란에 버금가는 진한 마음이네요. 그 광경을 상상만 해도 나까지 웃게 되네요."

나는 싱긋 웃으며 말했다.

헤어질 때, 다음 약속에 늦을 것 같다면서 허둥지둥 현관을 나서던 가타오카 씨가 말했다.

"너하고 사이좋게 얘기를 나누다 돌아가다니, 어째 영 찜찜한데."

"혹시 비행기가 추락하는 거 아니에요?"

나는 그렇게 대답하고 손을 흔들었다.

* * *

가에데가 가타오카 씨와 싸우고 지금 혼자 있단 말이지, 하고 생각했더니 마음이 안쓰러워, 그 일에 대해서는 언급하지 않고 힘을 내라는 뜻으로 할머니가 보내 준 몰타 섬의 비너스 상 사진을 메일에 첨부해서 보냈다. 가타오카 씨가 없어 휴일에도 외톨이로 지내야 한다면, 가까운 곳이니까 누구에게 같이 가 달라고 부탁해서 그 섬에 다녀와도 좋을 것 같다. 할머니를 만나면 위로가 될지도 모른다.

다음 날 저녁, 전화가 왔다.

"그 비너스 상, 굉장히 좋던데. 실물을 보러 가고 싶다."

가에데의 목소리가 발랄했다. 그는 그렇게 자그마하고

귀엽고 기품 있고 빛나는 것을 끔찍이 좋아하고, 구질구질한 사람의 마음은 싫어한다. 하지만 가끔은 그 구질구질함 속에서 빛나는 무엇이 나타나기도 하니까 굳이 그 일을 계속하고 있는 것이다.

"옛날 사람들의 위대함을 알 수 있지. 나는 잘 안 보이니까 더욱이, 더 먼 그런 곳을 보고 싶어."

보이지 않으니까 더욱이, 더 먼 곳을……, 그 말이 내 가슴속에서 소리 없이 울렸다. 사람이 진정을 담아 한 말은 그렇게 울린다.

가에데의 마음속 아름다운 것이, 한 단계 더 나를 건강하게 만들었다.

"가타오카 씨가 왔는데, 나도 모르게 이런저런 의논을 했더니 속이 후련해졌어요."

"그는 손아랫사람에게는 보스처럼 구는 구석이 있으니까."

과연 싸웠구나 싶게, 가에데가 슬쩍 빈정거리듯이 말했다.

"그리고 나의 행복과 내가 가진 것의 의미도 잘 알게 되었고요."

내가 그렇게 말하자, 가에데가 잠시 뜸을 들이고는 말했다.

"그런데 말이지, 말은 그렇게 하지만 시즈쿠이시, 남 보기에는 전혀 행복한 것 같지 않아."

"너무해요. 그렇게 기를 팍 죽이는 말을 하다니."

가에데는 후후후 웃고는, 차분하게 말을 이었다.

"나는 이 일을 한 지 오래기 때문에, 그 사람의 배경과 행복이 무관하다는 걸 잘 알아. 모든 사람에게 사랑 받고, 경제적인 어려움도 없고, 남편과 자식이 모두 훌륭한데도 불행한 사람이 있는가 하면, 돈도 많고 행복해서 어쩔 줄 모르는 사람도 있고, 가족이 없는데도 마음 편하게 즐겁게 사는 사람도 있어. 그런가 하면 돈이 많아서 괴로운 사람도 있고, 남에게 배신을 당하고도 별로 괘념치 않는 사람, 사소한 거짓말 하나에 전전긍긍하는 사람, 아무튼 사람은 저마다 하도 제각각이라서, 난 선입견 없이 사람을 보게 되었어. 그거 하나는 온 세계가 공통인 것 같아. 아무리 감추고 가려도 숨길 수 없는 것은 혼의 색깔뿐이야. 차림새로 꾸미고 화장을 해서 가려도 절대 속일 수 없어. 웃는 얼굴이 모든 것을 말해 주고, 때로는 그 사람이 갖고 있는 열쇠고리 하나만 봐도 불행한 내면이 속속들이 다 전해져. 그러니까…… 너를 겉모양으로 볼 생각은 없어. 하지만 너 지금까지 상당히 힘들었을 거라고 생각해. 할머니가 묘하게 키우기도 했고, 어린애인데 일에 푹 빠져 살았고, 그 생활이 끝났나 했더니 지금은 혼자서 낯선 곳에 있고, 집은 불타서 오갈 데도 없어졌고. 그런데도 그렇게 버티고 있는 거, 존경스러워. 그러니까 네 주위에 있는 우리가 할머니와의 생활을 대신할 정도로 좋은 사람이고 싶은 거지. 가타오카도 그렇게 말했고."

"정말? 그 사람이 그런 말을 했어요?"

"칭찬했어. 오래오래 너를 지켜 주자고. 그리고 돌아가면 더 많은 일을 거들게 하고, 우리 도움으로 너의 도시 생활이 충실해질 수 있으면 좋겠다고."

복잡하지만 그저 좋은 사람일 뿐인 그들의 둘도 없는 마음이 기뻤다. 그래서 나는 더더욱 솔직하게 말했다.

"나 여러 가지 일이 많았지만 딱히 불행하다고 생각한 적은 없어요. 그리고 지금도 불행하지 않고. 산이 변해서 어쩔 수 없이 내려온 건 물론 슬픈 일이고, 아파트가 불타 버려 많이 놀라기도 했지만 결과적으로 가에데를 만났고, 이 일을 아주 좋아하니까. 다만 이 생활 방식과 상식에 아직 익숙하지 않아서 조종하는 데 시간이 걸릴 뿐이에요. 큰 변화가 있은 후니까, 어쩔 수 없지 뭐. 그리고 가에데만 해도 앞도 잘 안 보이는데, 어른으로서 자신의 일을 충실하게 하고 있잖아요."

"그건 원래 그런 거니까, 불행이라고 할 수 없지."

"나도 마찬가지예요. 딱히 불행이고 뭐고 할 것도 없어요. 모든 것은 그 사람 하기 나름이잖아."

"그럼 됐어. 그걸 전하기 위해서 이런저런 얘기를 한 거니까."

가에데의 목소리가 나를 현재라는 순간으로 되돌려 놓았다. 그리고 굳건하게 닻을 내렸다. 지금 나는 여기에 있다. 그 사실이 확실해졌다.

가에데의 마법은 그런 마법이다. 그의 차분한 목소리가 마치 최면술처럼 사람을 지금 이 순간에 자리 잡게 한다. 그리고 자신의 갖가지 일과 앞으로의 일을 생각할 수 있게 한다.

그렇다. 좋은 일이다. 지금 할머니는 자신의 인생에서 좋은 시기를 보내고 있다. 옛날에는 젊고 열렬하고 살벌하고 목숨을 깎아 먹으며 괴로워했던 나날도 있었으리라. 다양한 시기가 있었고, 그리고 지나갔다. 할머니는 지금 남국의 하늘 아래, 새로운 장면 속에 있다. 그것은 내 인생과는 다른 인생이다.

그 시기가 끝나고, '우리는 해산했다'는 것을 인정하기가 괴로웠던 것이다.

두 번 다시 그 장소에서 함께 일할 가능성은 없다. 모든 것이 변했고, 새로이 알게 된 사람들도 있다. 이제는 돌아갈 수 없다. 그것은 사실이다.

마음 한구석으로는 언젠가 다시 모든 것이 돌아올 것이라는 기분이 들었다. 어느 산속에서 할머니와 둘이 다시 생활한다. 그렇게 생각지 않고서는 그 시절을 뒤로할 수 없었던 것이리라.

하지만 이제 인정해야 한다. 아무리 생각해 봐도, 그 생활은 돌아오지 않는다. 우리는 세계로 흩어진 가족이지만, 지금도 이어져 있다. 하지만 일상을 함께하는 일은 아마도 두 번 다시 없을 것이다. 안녕, 그 시절 나만의 할머니. 할머니만의 나.

아아, 아프다. 아프고 괴롭다. 다시 일어서려면 꽤 시간이 필요할 만큼 괴로운 일이다. 하지만 당연한 일이니까, 어쩔 수 없다.

내가 멍하게 그런 생각을 하고 있는데, 가에데가 말했다.

"시즈쿠이시는 지금 외로우니까, 생각을 좀 지나치게 하는 것 아닐까. 물론 도시에서 차를 만들기는 힘들겠지만, 조금 형태를 바꾸면 계속할 수 있을 거야. 우리 집을 찾아오는 손님들에게도 도움이 될 테고. 나도 이곳에서 먹는 음식도 다르고, 피로가 많이 쌓이는데 네가 만들어 준 차가 큰 도움이 되는 것 같아. 도시에서 한 종류 식물만 재배해서 큰 힘을 기대할 수는 없겠지만, 방법은 여러 가지가 있으니까 완벽하지 않아서 안 된다고 생각할 필요는 없지 않을까. 그 좀 음침한 애인이라면, 그런 재능도 갖고 있을 것 같은데."

"가타오카 씨나 가에데는 신이치로 씨를 왜 그렇게 나쁘게 말하지? 샘내는 거예요?"

내가 그렇게 말하는데도 그는 상관하지 않았다.

"그렇게 초조하게 굴지 않아도, 시즈쿠이시는 그 귀중한 시즈쿠이시라는 혼을 갖고 있잖아. 그리고 내게는 네가 꼭 필요한 존재야. 말도 못 하는 나는, 솔직히 여기서는 어린애나 다름없어. 그저 나 하나 감당하기도 벅차다고. 네가 곁에 있었으면 하고 바라지 않는 날이 없다고. 사람은 혼자서는 힘을 낼 수 없어. 시즈쿠이시도 지금은 아마 멈춰서 있는 시기일 거야."

그가 그렇게 솔직하게 말해 줄 줄은 몰랐다. 이는 그가 내 마음이 얼마나 약해졌는지 훤히 알고 있기 때문에 걱정하는 배려의 표현이다.

그리고 나는 깨달았다. 마음 아파 하는 시간은 끝나 가고 있다는 것을.

"가에데가 돌아오면, 가에데가 정말 훌륭하게 일하도록 잘 도울 것 같아요. 그때까지는 나 자신을 다스려 놓을게요. 새로운 일을 위해서."

슬픔의 시기와 혼자 있는 시기가 공교롭게 겹쳐, 상태가 좀 이상했던 것이다. 하지만 그 시간도 이제 끝나 가고 있다.

"그래, 얼마 안 있어 돌아갈 거니까. 어디에 있든 이 일을 하는 데는 별 차이가 없어. 난 게이니까, '심각할수록 문제가 깊다'는 남성 우월주의적인 가타오카의 사고는 탐탁지가 않아. '외국에 있는 편이 폼 난다'는 취향도. 일하기 편하고 보다 사람 마음의 비밀에 다가갈 수 있고, 그러다가 보물을 발견할 수도 있는 그런 곳이 내가 일할 장소야. 그 때문에 몇 번이나 논쟁을 했는지 몰라. 내가 안이한지도 모르겠지만, 그러지 않기 위해서 무리하고 싶은 생각은 없어. 내가 할 수 있는 일을 성실하게, 그러다 언젠가 자연스럽게 강을 건너는 게 좋지. 그것도 안 되면, 내가 그런 정도의 사람일 뿐이니까. 아무튼 난 그만 돌아갈 거야. 강도 외국 사람도 성도 유령도 이제 다 지겨워. 혼자서 일하다 보니까 스트레스가 많이 쌓였어."

해묵은 다리를 건너가는 그의 모습이 보였다. 그가 저쪽으로 건너간 후에 내 마음속에 몇 번이나 투영되는 작은 영화였다. 본 적 없는 곳인데, 그 영상은 아주 생생하게 움직인다. 그 가느다란 손을 잡고, 성큼성큼 걷게 해 주고 싶다. 내 눈에 보이는 것을 하나 하나 설명해 주고 싶다. 그

것이 지금 내가 할 수 있는 최선의 일이니까. 가장 하고 싶은 일이고, 해야 하는 일이니까.

나는 산속에서 그런 훈련을 철저하게 받았다. 그러니까 가에데의 스케일이 크든 작든 관계없다. 이곳에서 약초차를 마시는 사람은 가에데 본인이다. 나는 그 조그만 치유가 세상으로 넘쳐나 졸졸 예쁘게 흘러갈 수 있도록 빈틈없이 거들리라.

가에데가 돌아올 때까지는 이 무거움도 이 괴로움도 그대로 지니고 있으리라.

그리고 마음속으로 이렇게 생각했다.

'당신들, 정말 잘 어울려!'

나는 가에데와 가타오카 씨가 성격이 잘 맞는 한 쌍이라고 확신했다. 그 두 사람과 얘기를 나누며, 각도는 다르지만 그들이 같은 곳을 쳐다보고 있다는 것을 알았기 때문이다.

그렇다. 이곳에는 이미 나를 알기 시작한 새로운 친구들이 있다.

잃어버린 것을 아쉬워만 하느라 얻은 것을 생각할 여유가 없었다. 새 문이 바로 코앞에 있는 것을 모르고 닫힌 문 앞에서 발을 동동 구르며 슬퍼한 꼴이었다.

무언가가 끝나면 반드시 무언가가 시작된다. 보든 안 보든 그것만이 나의 자유다.

문이 열린 냄새, 그 새로운 냄새 속에서 나는 당황하지 않고 천천히 일어나, 조금씩 걸어 나가면서 열심히 무언가를 찾으리라.

* * *

그날, 신이치로 씨는 우리가 늘 가는 여관에 셔츠와 청바지를 입은 편한 차림으로 왔다.

나는 먼저 목욕을 하고 잠옷까지 갈아입고서 편히 쉬고 있었다.

비가 좍좍 쏟아져 노천탕이 따뜻한지 서늘한지 모를 정도였다. 물방울이 수면에 후드득후드득 튀어 마치 진흙탕 놀이를 하는 것처럼 즐거웠다.

그러고는 따끈해진 몸을 상큼한 유카타로 감싸고 신선한 향내 나는 다다미에서 뒹굴었다. 비에 갇힌 방이 조그만 배처럼 깔끔해서 내 마음도 따라 차분해졌다.

"이거, 이제야 겨우 보여 줄 수 있게 되었어."

신발을 벗자마자 싱글벙글거리며 신이치로 씨가 종이 봉투를 내밀었다. 어서 보여 주고 싶은 마음이 앞서서 본인보다 종이 봉투가 서둘러 방으로 들어온 느낌이었다.

받아 들고 안을 들여다보니, 빛나는 선인장.

조그만 화분에 보드라운 갈색 흙이 정성스레 소복하게 담겨 있고, 거기에 마치 에메랄드처럼 빛나는 아기 선인장의 탱글탱글하고 당당한 몸이 꽉 들어차 있었다. 조그맣고 뾰족한 가시도 늠름하게 뻗어 있었다. 하루도 빠짐없이 보아 준 사람의 애정이 듬뿍 전해졌다. 신이치로 씨가 얼마나 열심히 심혈을 기울여 키웠는지 알 수 있었다. 그 선인장은 마치 몰타 섬의 비너스처럼 아담하고 동글동글하고 어떤 신비로운 힘을 풍기는 듯 보였다.

"설마, 이거……."

나는 깜짝 놀라 말했다.

"그래, 지난번에 죽은 선인장 새끼야. 당신 집이 불타기 전에 자고 온 일 있었잖아. 그때 꼭대기에 튀어나온 요 녀석이 꺾여 있어서 내가 슬쩍 잘라 내서 손수건에 싸 왔지. 거의 시들어 가고 있었는데, 겨우겨우 말려서 뿌리가 내린 후에 다시 옮겨 심어서 이렇게 키운 거야. 비슷한 크기의 다른 아기 선인장하고 같이 커다란 화분에 심어서 당신 집에서 가져온 거라는 것조차 까맣게 잊고 있었는데, 지난번에 통화하면서 당신이 엉엉 울었잖아. 그때 혹시 그건가 하고 생각이 났어. 그래서 옮겨 심었지."

"난 전혀 모르고 있었네. 아마 그렇게 모를 정도로 헤매고 있었나 봐, 그때."

"나도 이거 가져오면서 어쩌면 죽을지도 모른다고 생각했기 때문에 일부러 말하지 않았는데, 선인장 자체의 힘이 남아 있었나 봐. 뿌리가 나오면서 금방 자리를 잡았어."

"이제는 절대 시들지 않게 할 거야."

나는 지킬 수 없는 약속을 하려 했다.

"상관없어. 일부러 그런 것만 아니면 시들어 죽어도 어쩔 수 없잖아. 또 키우면 되지, 뭐. 선인장은 선인장 종족 전체가 선인장이잖아. 그러니까 괜찮아."

신이치로 씨는 또 마법 같은 말을 했다.

내게는 보였다. 그가 온 정성을 다해서, 흙 알갱이 하나에도 기도하는 마음을 담아 이 아기 선인장을 옮겨 심는 모습이. 애정과 기술을 다하면서, 다 큰 어른이 마치 작은 어린애처럼 선인장에게 눈높이를 맞추고 날마다 말을 거는 모습이.

그것은 나에 대한 그의 애정 표현이기도 했다.

아주 자연스럽게 매일 계속되고, 하루하루가 다르게 자라나는.

"그리고 그 선인장 옮겨 심을 때, 부적 만드는 것처럼 당신의 새 생활을 지켜 달라고 몇 번이나 빌었거든. 그러니까 그 선인장이 시들 때는 시들 수밖에 없어서 시든 거야. 만약 새끼를 치면 또 잘라 내 심어서 생명을 이어 나가도록 할게.

그러니까 앞으로는 무슨 일이 있어도 그렇게 울지 마."

그것은 그만이 발휘할 수 있는 힘이었다.

* * *

선인장이 방 한가운데서 반짝거려 나의 마음은 온전히 가라앉았다.

비바람 소리와 나무들이 흔들리는 소리가 쉼 없이 들려오는 밤이었다. 그렇게 시끄러운 듯해도 자연의 소리는 사람의 마음에 고요함을 선사한다. 여관의 안채 사람들도 모두 저녁 식사를 끝내고는 텔레비전을 켜 놓은 채 느긋하게 쉬고 있으리라. 아까 노천탕에 가면서 보니까, 단란한 한때를 즐기는 소리가 낮게 들리고, 유리창에는 텔레비전의 빛이 어른거렸다. 말 그대로 텔레비전이 배경음악이로군, 하고 생각하자 술집 아줌마의 웃는 얼굴이 보고 싶어졌다.

평소 집이 아닌 곳에서 만나는 사람들을 떠올리면, 왜 이렇듯 멀고 애틋하게 느껴지는 것일까.

죽어서, 산 사람들을 떠올리면 이런 기분일까. 그렇다면 죽는 것도 그리 괴로운 일은 아니다. 애틋하기는 해도, 부드러운 분홍색 천처럼, 신비로운 빛깔의 셔벗처럼 좋은 애틋함이다.

"나 혹시, 이곳 생활에 익숙해지면서 간살스러워져서 옛날의 나를 잃은 건 아닐까? 그렇게 싫어했던 가타오카 씨도 조금은 좋아하게 되었고, 가에데의 약점도 받아들였고, 할머니와 떨어져 산다는 것도 이제는 수긍하고, 지쿠와부도 알게 되었는데."

"여기서 지쿠와부가 왜 나와?"

"지금까지 먹어 본 적이 없었거든."

"뭐, 지쿠와부를 몰랐단 말이야?"

잠시 지쿠와부 얘기를 하다가, 나는 본론을 까맣게 잊고 말았다. 신이치로 씨가 졸라서 나는 요즘의 긴 사연을 들려주었다. 신이치로 씨는 고개를 끄덕이고 눈을 감았다 떴다 하면서 들었다.

"나 얻은 것은 많지만, 왠지 윤곽이 흐려진 것 같아서 좀 두려워."

그렇게 말하고 나니까 어린 철부지 같아 부끄러웠다. 가타오카 씨에게 말했을 때와는 정반대 현상이었다. 하고 싶은 말은 너무 많은데, 말로 하고 나면 그 뒤에 있는 많은 것들이 전해지지 않고 단순해지고 말아 어린애 같다는 느낌이 드는 것이다.

"내 생각에는, 시즈쿠이시가 실은 너무 아까워서 선뜻 내놓지 못하고, 변하는 것을 두려워했던 것 아닐까 싶은데.

그리고 산을 내려온 후에 불필요한 것들이 점차 쌓여 갔는데, 그것을 다 내놓고서야 겨우 후련해진 거고. 그러니까 최근의 그 답답한 어둠이 마지막 어둠이 아니었을까 해."

그 말투가 연인으로서의 달콤함을 내포하지 않은 혹독한 것이어서 가슴으로 납득하기까지 시간이 좀 걸렸다. 하지만 산에서 내려온 후로는 하루 치 에너지를 충분히 소비하지 못하고 있다는 것을 분명하게 알았다. 산에서 생활할 때는, 잘 때쯤 되면 지칠 대로 지쳐서 잠을 자지 않으면 다음 날 아무것도 할 수 없을 정도로 에너지를 남김없이 사용했다. 그것도 몸과 마음의 균형을 잘 유지하면서. 아무 걱정도 없었고, 저축을 하겠다는 욕심도 없었다. 그런데 도시에서는 머리만 너무 쓰거나, 몸이 게으름을 피워 균형이 무너지면서 에너지가 남아 점점 둔해진 것이라고 생각한다. 다 써 버리지 않으면 받을 수도 없으니까 정체가 심해진다.

"가타오카 씨에게 들은 얘기랑 정말 똑같다."

"하지만 그럴 만도 했지 뭐. 변화가 너무 갑작스러웠으니까."

"응. 타협만 하기도 벅찼어."

나는 고개를 끄덕이며 말했다.

"당신은 자신이 갖고 있는 것이 산속에서 좀 남다르게

산 생활뿐이라고 생각하지만, 그렇지 않아. 당신은 가만히 있어도 갖가지 일이 많이 생길 테니까, 앞으로는 기꺼이 떨쳐 버리는 게 좋을 거야. 너무 아까워하면 오히려 갖고 있던 것도 줄어들어."

그런 말을 들었을 때, 몸을 잔뜩 웅크리고 잠들었던 어린 시절의 기억이 떠올랐다. 무슨 이유가 있었겠지만, 마치 가진 것을 절대 내놓지 않겠다는 자세로. 하지만 그렇게 자면 몸이 딱딱해지면서 아파 무서운 꿈을 많이 꿨다. 그런 나를 본 할머니가 좋은 냄새가 나는 약초로 채운 물고기 모양의 베개를 만들어 주었다. 내가 그 베개를 꼭 껴안고 자려 하자 할머니가 이렇게 말했다.

"그렇게 꼭 껴안으면 물고기가 불쌍하잖니. 이거 봐, 비늘도 다 뒤틀리고, 눈도 쭉 찢어지고. 속에 들어 있는 약초도 너무 꾹 눌리면 은은한 냄새를 풍기지 못해. 서로가 기분 좋을 정도로 안고 자거라. 그럼 속에 든 약초가 너의 체온에 따뜻해지면서 잠을 잘 자게 하는 냄새를 풍길 거야. 그리고 그건 물고기가 불러 주는 자장가란다."

그다음부터는 가슴을 쫙 펴고 베개와 나란히 기분 좋게 잠들게 되었다. 아침에 일어나면, 새로운 하루를 위한 힘이 온몸을 부드럽게 어루만져 주었다.

"신이치로 씨는 어떻게 아까워하지 않고 살아갈 수 있어?"

"나는 평화를 좋아하고, 사람과 선인장과 조화를 이루고 싶어. 하지만 가장 중요한 것은, 오늘 내가 할 일을 충실하게 하는 것."

신이치로 씨가 단호하게 말했다.

"내 눈에는 사람도 꽃처럼, 피어 있는 이 순간밖에 없는 것처럼 보일 때가 있어."

"무슨 뜻이야?"

"선인장은 꽃이 잘 피지 않잖아. 그래서 거대한 꽃이 피면 시간이 흘러가는 게 아까워서 사진도 많이 찍지. 하지만 향기와 박력과 밤 속에 요염하게 떠 있는 그 모습은 결코 남길 수 없어. 겨우 몇 시간 동안, 봉우리가 활짝 피었다가 다시 닫혀 버리고 말아. 피는 과정은 마치 선물을 주듯 아낌이 없지. 그 모습을 보고 있으면 가슴이 아프고⋯⋯ 시간의 진정한 의미를 깨닫게 돼. 아무리 발버둥을 치고 애를 써도, 지금밖에 없다는 거. 너무도 고통스러우니까, 사람들은 모르는 척하는 거야. 있는 그대로를 느끼기가 아프고 고통스러우니까, 늘 똑같이 변함없이, 따분하게 있고 싶은 거지. 시간의 진정한 의미를 알면 정말 견딜 수 없이 아프니까 말이야. 선인장을 오래 보살피다 보면, 하루라도 같은 날이 없어서 화분에서 고개를 든 후에도 그 기분이 지속되곤 해. 앞으로 벚꽃을 몇 번이나 볼 수 있을까, 겨울이 오고 설날이 오고, 떡국을 몇 번이나 먹을 수 있을까. 셀 수 있을 정도밖에 없다는 건 분명하잖아. 매일처럼 얼굴을 마주하는 사람들과도, 시즈쿠이시와도 언젠가는 헤어질 테니까. 매일이 계속되었으면 하는 마음만 가득하고, 그래서 난 이 세상 모든 것을 좋아해."

"당신이 그런 사람이라는 거, 한눈에 알아봤어. 하지만 그렇게 흐름에 순응할 수 있는 사람이 왜 결혼에는 실패했을까?"

"상대가 내게 흥미를 잃었으니까 어쩔 수 없는 일이지. 아직 그 사람에게는 좋아하는 부분이 많지만, 그래도 당신을 좋아하는 것처럼 좋아하는 건 아니야. 당신을 좋아하는 마음은 너무 아파서, 때로 잊고 싶을 정도야."

"서로 떨어져 살고 있기 때문이 아니고?"

"아니, 그건 아니야. 펠리컨에게 물려 쭈그리고 앉아 있는 당신 모습이 내게는 식물처럼, 그냥 있는 그대로 보였어. 타인에게 이렇게 해 주었으면 좋겠다고 바라는 구석이 조금도 없이 한없이 수동적인데, 지구를 조용한 힘으로 덮고 있는 생명처럼. 그때부터, 이 아픈 마음은 변함없어."

"아, 다행이다. 이대로 오래 계속되면 좋겠다."

나는 신이치로 씨와의 관계가 할머니와 함께한 생활과 비슷할 것이라는 예감에 그 미래의 공기를 깊이 들이마시고 싶은 기분이었다.

신이치로 씨는 고개를 끄덕이며 말했다.

"당신에게는 커다란 힘이 있어. 그리고 그건 불필요한 힘이 아니라. 당신이 산에서 이곳으로 옮겨 온 후로, 지금까지 어떤 곳에서 꼼짝 않고 틀어박혀 일했던 나와 가타오카 씨와 가에데 씨의 인생까지 한꺼번에 다 연결시키면서 바깥을 향해 퍼져 나가게 하는, 그럴 정도로 큰 힘이야."

"내가 모두를 움직인 건 아니야. 모두가 내 인생을 움직이고 있는 거지."

"그야 물론 그렇지만, 당신에게는 자신도 모르는, 가장 깊은 중심에 도사린 힘이 있어. 당신이 알고 좋아하는 세계가 아직은 할머니와 함께 생활했던 산속뿐이지. 그래서 지금 도시에서, 우리를 통해서 그 비슷한 모습을 연출해 내려는 거야. 마치 어린애가 나무토막으로 세계를 만들어 내는 것처럼 말이야. 하지만 만약 당신이 새롭게 세계를 알았는데, 그 세계가 끔찍한데도 마음에 든다면, 당신은 또 당신 주위에 그 세계를 만들어 낼 거야. 그러니까……그 커다란 힘을, 아무쪼록 욕심을 위해서는 사용하지 마."

"응, 그럴 수 있을 거야."

나는 그렇게 대답했다.

산에서 지낸 생활을 기반으로 하는 한, 내 욕심이 타인의 자유를 빼앗는 일은 절대 없으리라.

"그러기 위해서 지금은 가에데나 가타오카 씨, 그리고 상점가 사람들과 술집 사람들, 내 주위에 있는 모든 사람들의 좋은 성품이 절대적으로 필요해. 그리고 그런 나를 유지하기 위해서는 무엇보다 당신이 필요하고. 진심으로. 그러니까 아무쪼록 나를 떠나지 마."

그렇게 대답하는 나는 할머니의 피를 이은 당당한 마녀였다.

그리고 신이치로 씨의 고요함과 그 바닥 모를 깊이에 나는 몸을 떨었다.

모든 것을 꿰뚫어보고 있는 그는 누구보다 마술적인 존재인지도 모른다. 어쩌면 가에데나 할머니보다 한층.

* * *

그날 밤 나는 꿈을 꾸었다.

꿈속에서 나는 아주 깜깜한 벼랑 위에 있었다. 그 어둠은 상상할 수 없으리만큼 완전하고, 손에 잡힐 듯 깊고 묵직했다.

그리고 어둠 속에 마치 반딧불처럼, 조그만 타원형 빛이 날아다니다가 한곳에 가만히 머물러 있곤 했다. 분홍 파랑

노랑 갖가지 엷고 예쁜 빛들은 마치 숨을 쉬듯 커졌다가 작아졌고, 한가운데가 가장 밝게 빛나면서 가장자리로 갈수록 점차 뽀얀 우윳빛이 되는데, 그 우윳빛 부분이 꽤 멀리까지 퍼져 있어 다른 빛과 겹치기도 했다.

나는 생각했다.

이 빛이야말로 인간이다. 인간의 진정한 모습이다.

왜 그렇게 확신할 수 있는지는 잘 몰랐다. 하지만 나는 알 수 있었다. 마음의 눈으로 보면 인간 세상은 늘 이렇다. 깜깜한 우주 공간에 이루 헤아릴 수 없이 무수한 인간의 빛이 떠다니고, 서로 이어지면서 빛난다. 이곳에는 삶과 죽음의 구별도, 땅과 하늘도 없다. 시간도 존재하지 않는다. 하지만 빛이 있다. 그 정도로 인간의 빛은 강한 것이다.

이 갖가지 빛이 그 사람의 개성이고, 그리고 주위로 퍼져 나가면서 빛들끼리 조금씩 겹치니까, 사람은 사람을 알 수 있고 좋아할 수도 있는 것이다. 그리고 인연이 있어 이웃한 빛들은 비슷한 성품을 지니게 된다. 또 그 끝에서는 다른 경향의 빛과 어우러지니까, 결국 인류는 모두 연결되어 있다. 나와 영업 사원들도, 불을 지른 냄새 나는 사람들도, 사이에서 빛나는 몇십만의 빛 어느 한 끝과 이어져 있는 것이리라.

자세히 들여다보니, 내가 아는 사람들이 어떤 빛인지도

알 수 있었다. 가타오카 씨는 샛노란색 섬세한 빛으로 빛나고 있었다. 금방이라도 투명해질 듯 엷게 빛났다. 신이치로 씨는 엷은 초록색으로 사람들과 거리를 두고 어슬렁어슬렁 빛나고 있었다. 할머니는 강렬하게 빛나는 붉은색. 대지에 뿌리를 내린 마법의 색이었다. 주위로 넓고 뿌옇게 퍼지지 않는, 밤하늘의 별 같은 빛이었다.

아아, 너무도 사랑스럽다. 서로가 모두 다르기에. 나는 이 인생을 살면서 더 많은 빛과 또 만날 것이다. 살아 있는 한, 만남과 헤어짐은 계속된다. 하지만 만난 사람 모두가 알게 모르게 알고 있다.

그렇게 생각하면서 눈물을 머금고 있는데, 갑자기 장면이 바뀌었다.

소년의 모습을 한 가에데가 거리를 걷고 있었다.

그곳은 피렌체가 아니라, 좀 더 덥고 건조하고 시끌시끌한 곳이었다. 햇살은 강렬하고, 바닥에 깔린 돌들은 새하얗게 빛났다. 아아, 몰타 섬이다, 하고 나는 생각했다.

그리고 시장이 보였다. 망루 같은 것이 하늘 높이 솟아 있고, 옷과 전자제품과 잡화가 내걸렸다. 할머니가 메일에서 묘사한 광경 그대로였다. 사람들이 온갖 물건을 들춰보면서 천천히, 시끌시끌하게 걸어 다닌다.

그런 곳을 소년 가에데가 걷고 있다. 지금과 별로 다르지 않은 몸집, 조그만 어깨로 기품 있게 바람을 가르고, 사람들과 부딪히지 않게 조심하면서. 그리고 그의 반짝 뜨인 눈에 모든 것이 비치고 있었다. 아아, 다 보이나 봐! 하면서 나는 웃었다. 환하게 퍼지는 행복한 웃음이었다.

그는 어느 건물 안으로 들어가, 스포트라이트를 받고 있는 몰타의 비너스 상 앞에 섰다.

우와…… 예쁘다! 하는 소리가 소년의 입에서 흘러나왔다. 눈이 반짝이며 주위에 빛을 뿌렸다. 아직은 낮은 코, 조그만 입술, 매끄러운 피부. 지금보다 훨씬 가녀린 손.

그리고 내게도 그 비너스 상이 보였다. 조그맣고, 동글동글하고, 더욱 아름다웠다. 마치 거기에 인간의 마음속 가장 고결하고 강한 것이 표현되어 있는 듯한 여자의 잠든 모습.

가에데는 눈을 가늘게 찌푸린 빛나는 표정으로 그 상 앞에 하염없이 서 있었다. 주변에는 많은 사람들이 있고, 항아리와 무너진 담벼락과 설명이 적힌 판이 있었다. 가에데는 그런 것들은 전혀 존재하지 않는 것처럼 비너스에만 집중했다.

어린 가에데, 마음이 깨끗한 가에데, 지금 당장 그곳으로 달려가 손을 잡고 시장으로 데려가고 싶었다. 마실 것을 사 주고 싶었다. 햇살을 가릴 수 있도록 양산도 받쳐 주고 싶었다. 그리고 나는 비로소 알았다.

그렇지, 꿈속에서는 가에데가 앞을 볼 수 있지.

꿈속에서는 자유롭게 가고 싶은 곳으로 갈 수 있고, 마음껏 하고 싶은 대로 할 수 있지.

그리고 그는 곤경에 처한 사람의 물건을 만져도 영상이 보인다. 그러니까 이런 일을 하는 것이다. 그동안은 눈이 보이니까. 아무리 혹독한 일이라도, 그는 보고 싶은 것이다. 일 초라도 오래, 어떤 것이든 상관없으니까. 그가 이 일을 사랑하는 이유는 볼 수 있는 유일한 세계가 거기에 있기 때문이다.

그 사실을 깨달았을 때, 꿈속인데도 나는 눈물을 흘렸다.

친절하기 때문만도 아니고 사명감 때문만도 아니고, 그는 보고 싶은 것이다. 이 세계를.

이 멋진 세계를.

아아, 이 꿈이나마 오래오래 계속되게 해 주세요, 하고 나는 생각했다. 가에데는 지금 외국에서 홀로 바쁘게 지내고 있는데, 멋진 다리도 교회도 명확하게 보이지 않는답니다. 그러나 꿈속에서는 때와 장소를 초월해서, 그가 보고 싶어 하는 몰타의 비너스를 소년의 마음으로 또렷하게 보고 있어요. 하지만 눈을 뜨면 실망이 기다리고 있겠지요. 지금까지 보였는데, 마음껏 자유롭게 달렸는데, 온 세계를

아픔, 잃어버린 것의 그림자 그리고 마법

그 눈으로 보았는데, 눈을 뜨면 세계는 부연 어둠에 잠기고 말지요. 아무리 눈을 부릅뜨고 찡그려도, 아까처럼은 보이지 않겠지요. 앞으로도 내내. 어렸을 때부터 그는, 몇 번이나 몇천 번이나 그런 실망을 견뎌 왔을까요. 아침의 침대 속에서.

나는…… 내 생각만 하고 있었는데. 그가 돌아오면 앞뒤 가리지 않고, 한 방울도 남기지 않고, 매일 있는 에너지를 총동원해서 가에데의 눈이 되리라. 소년 가에데의 어깨를 보고 있던 나는 흐르는 눈물을 가누지 못하고, 그렇게 생각했다. 나를 움직이는 결의는 정에서 오는 것이 아니라 그를 이해하는 마음에서, 그리고 그 마음이 지금부터 새로이 퍼져 나가리라는 강하고 맑은 빛에서 시작된 것이었다.

그 빛은 빠르고 깨끗한 물살이 되어 내 몸을 흐르면서, 지금까지 고여 있던 생각을 단숨에 씻어 내려갔다.

잠에서 깨어나자, 눈물은 흐르는데 산 꿈을 꾸었을 때와는 달리 마음이 개운했다.

어? 지금까지 어디 다른 데 있었던 느낌이네, 하고 생각했다.

그리고 잠시 멍한 채 꿈의 내용을 떠올렸다. 아직도 가슴이 두근거리고, 정체 모를 강한 에너지가 몸과 마음으로 차올랐다. 마치 태풍이 휘몰아치고 간 뒤의 하늘과 공기처럼 상쾌한 느낌이었다.

옆에서는 속눈썹이 긴 신이치로 씨가 낮은 소리로 코를 골며 자고 있었다. 그 너머 책상 위에는 선인장이 동그마니 놓여 있다. 마음을 어루만지는 조그맣고 행복한 풍경이었다.

장지문으로 스미는 빛이 온 방을 포근히 감싸고, 빛의 열기로 따스해진 다다미 냄새가 났다. 멀리서는 마치 산에 있을 때처럼 온갖 새들의 지저귐 소리가 들려왔다. 창문을 열자 바람을 타고 바다 냄새가 흘러 들어왔다.

오늘은 바다를 보러 가야지, 하고 생각했다.

해변에 나란히 앉아 제방에 들러붙은 크릴새우의 냄새를 맡으면서, 한없이 너른 물을 보리라. 젤리처럼 출렁이고, 신비로운 소리를 내며 밀려왔다 밀려가는 파도. 얼굴이 타고 머리카락은 진득진득하고 눈이 아플 정도로 눈부신 햇살 속에서, 울창하고 짙푸른 산 위를 나는 솔개의 웅대한 움직임을 보리라.

무엇 하나 모자라는 것이 없다. 가고 싶은 곳에 가고, 내가 원하는 방식으로 존재할 수 있는 힘을 나는 모두 갖고 있다.

* * *

며칠 후, 가에데에게서 전화가 왔다.

"꿈에서 몰타의 비너스를 봤어."

"역시! 나도 꿈에서 봤는데. 가에데가 소년의 모습이었어요."

"꿈속에서 그 상 앞에 섰을 때, 마음은 정말 어린애였는지도 모르지. 귀국하기 전에 실물을 보러 가 볼까 싶기도 한데 꿈속에서가 오히려 더 확실하게 보이니까, 그런 생각을 하면 영 귀찮아져 버려."

"몰타 섬, 거기서 멀지 않잖아요?"

"응, 비행기로 두 시간 정도일 거야."

"그럼 시간 나면 가타오카 씨하고 둘이서 다녀와요. 할머니 집에 들러 봐도 좋고."

"하긴 실물 앞에 서면, 그것만으로도 마음이 충족될 수 있겠다. 네 할머니도 꼭 만나 보고 싶기는 한데, 가능하면 따뜻할 때 휴가 삼아 다녀오고 싶어, 바다도 있고 하니까."

"지금이면 어때, 꿈에서도 봤는데. 가타오카 씨는 돌아왔어요?"

"응, 내 비위 맞추려고 명란 사 왔더라. 피차 일 때문에 정신이 없지만."

역시 명란을 미끼로 화해한 모양이지, 참 단순한 사람들이로군 하고 생각했지만, 그 말은 안 하기로 했다.

"아직 귀국 일정 못 정했어요?"

"음, 이제부터 예약을 받지 않기로 했어. 이미 받은 것은 처리하고, 강의 비슷한 것만 한 번 하면 다 끝나."

"기다리고 있을게요."

나는 솔직하게 말했다. 이제 자신이 있었다. 기대고만 있는 것이 아니라는 자신감이었다.

"응, 나도 이제 혼자 일하는 거 진력이 났어. 하지만 지금까지는 어차피 사람들의 어두운 면을 보고 듣는 일, 소리 없이 조용히 하고 싶었는데, 일본과 달리 이곳에서는 사람들이 너무 자연스럽게 점을 보러 오니까, 이 일에 대해서 조금은 부담을 던 기분이야. 그게 힘겨웠던 이번 여행에서 유일하게 좋았던 점."

"나도 많이 가벼워졌어요."

"돌아가면, 새로운 날들을 함께 시작하자."

"응."

대화는 평화롭게 이어졌다. 하지만 각자의 말 속에서 무언가가 변하고 있었다.

시즈쿠이시에게

며칠 전에 가에데 선생과 가타오카 씨가 불쑥 나타났더구나.

저녁때였는데, 지팡이를 짚은 가에데 선생이 가타오카 씨와 손을 잡고서 말이다. 두 사람 다 보기 좋게 탄 모습이었다.

때마침 내 남자 친구가 없어서, 나 혼자였어.

현관 앞에 내놓은 테이블 위에 촛불을 켜고, 식사 전에 함께 술을 마셨단다. 안주는 내가 소금에 절여 만든 올리브였어. 그들은 휴가를 즐기면서 몰타의 비너스를 보러 다녀왔다는구나. 한 시간 이상이나 고고학 박물관에 머물렀던 모양이야. 가타오카 씨는 성 요하네스 성당에서 카라바조의 그림을 보고 왔다면서 꽤 흥분한 모습이더구나. 이 섬에는 살인까지 저지르며 복잡한 인생을 살았던 그 화가의 그림이 두 장 있는데, 모두 고즈넉하면서도 무게감으로 가득한 훌륭한 작품이란다. 가타오카 씨는 예전부터 실물이 보고 싶어서 기회가 있으면 꼭 몰타 섬을 찾고 싶었다고 하더구나.

화해한 기념으로 며칠 쉬기로 하고, 당장에 이 섬으로 날아왔대.

가타오카 씨와 얘기를 나눠 보니, 지금까지 살아온 그의 인생과 복잡한 내면이 카라바조의 그림에 매료될 만하다고 느껴지더구나. 아마 그 끔찍한 그림이 그를 치유해 주지 않았을까 싶다. 그 점은 괴로운 마음을 몰타의 비너스의 아름다움으로 달랠 수밖에 없는 가에데 선생도 마찬가지였을 거야. 행복하고 마음 편한 사람들이 점술가란 직업을 택할 리 없으니까.

그래도 네 얘기를 할 때 그들이 보여 주었던 정성스러움을 놓칠 수야 없었지.

그리고 네가 이제 정말 내 손을 떠났다는 실감이 들어 마음이 조금은 아팠다. 그 정도로 그들은 너를 동료로 받아들이고 있었어. 네가 생각하는 것 이상일 거야.

일본과 너와 함께 지냈던 날들이 그립다. 어린 너를 모질게 가르치면서도 웃음을 잃지 않았던 산속 생활을 생각한다. 많은 것을 뒤로한다는 것은 많은 것을 갖고 있다는 뜻이지.

두 사람은 무척이나 아름다운 오라로 이어져 있었어. 선인장 꽃이 어슴푸레한 어둠에 묻혀 가는 저녁때, 두 사람은 손을 잡고 엷은 빛 하나가 되어 걸어갔다. 그 모습이 이 세상에 서로를 의지하고 지켜 줄 사람은 둘밖에 없다는 듯 했어. 정말 마음이 맑은 사람들이라는 것을 알고서, 그들의 움직임을 마치 그림을 보듯 바라보았단다.

몰타 섬에 달리 볼거리가 있느냐고 묻는데 유적은 복원

공사 중이고, 비너스와 카라바조 외에는 달리 구경할 만한 것이 없어서 고조 섬에 잠시 다녀오라고 약간의 여비를 쥐여 주었다. 그 섬 특산물인 진한 맛이 나는 꿀이라도 사라고 말이야. 둘은 어른답게 뭐라 뭐라 하면서 거절했지만, 결국은 진짜 손자처럼 쑥스러워하면서 돈을 받아 들고는 금방이라도 소년으로 돌아가 "고마워요, 할머니." 하고 말할 표정이었단다. 그럼 시즈쿠이시에게도 그 꿀을 사다 줘야지, 하고 얘기하는데 네 이름을 말할 때의 그 달콤함이란. 정말 좋은 친구들을 찾았더구나.

 언젠가는 너도 꼭 놀러 오너라. 기다리고 있으마.

할머니로부터

저녁이 되기 전의 상점가는 조금 나른한 느낌이다.
 분주해질 준비를 하는 시간, 움직이는 가게 사람들도 문득문득 나른한 표정을 짓는다. 왠지 나는 그런 시간도 좋았다. 사람들의 맨얼굴에서 풍기는 생활의 무게 같은 것이 보기 좋았다.
 오늘은 생선회를 먹자 하고 생선 가게로 갔다.
 낯선 젊은이가 칼을 들고 아줌마와 함께 일하고 있었다.
 "도미 회 좀 떠 주세요."

내가 말하자, 그 젊은이가 재빨리 몸을 움직여 날랜 솜씨로 칼을 놀리기 시작했다.

"어머나 아가씨, 회를 다 떠 달라고 하고, 신기한 일이네. 늘 구워 먹든지 조려서 먹었잖아."

"아까 쌀을 씻다가 갑자기 먹고 싶어져서요. 사람이 새로 왔나요?"

"아아, 우리 둘째 아들이야. 요릿집에서 훈련을 쌓느라고 나가 있었는데 돌아왔어."

아줌마는 걱정스러우면서도 자랑스럽다는 듯 말했다.

인사를 하라는 아줌마의 말에 아들이 싱긋 웃으며 이쪽을 돌아보았다.

"잘 부탁해요."

그가 고개를 숙이며 인사했다.

"잘 부탁합니다."

아들은 눈이 부리부리하고 은퇴한 할아버지를 많이 닮았다.

"할아버지는 좀 어떠세요?"

"정신이 약간 오락가락하기는 하지만 건강하세요."

"혼 좀 나겠네요."

아들이 웃었다.

"할아버지는 뒤를 이을 손자가 돌아와서 마음이 놓이는

지 기운이 더 펄펄해지셨어."

아줌마가 말했다.

"나, 할아버지에게 '도미의 도미' 얘기 들었어요."

이 가게를 막 드나들게 된 무렵, 가게를 지키고 있던 할아버지가 싱글벙글하면서 도미 머리 속에는 도미 모양을 한 뼈가 있다고 그림까지 그려 가며 가르쳐 주었다.

"나도 어렸을 때, 그 얘기를 몇 번이나 들었는지 몰라요. '도미의 도미'를 장난감 삼아 놀았다니까요."

아들은 다 손질한 회를 척척 포장하면서 말했다. 이 가게는 고추냉이는 곁들여 주지만 채소는 주지 않는다. 플라스틱 접시 위에 수분을 흡수하는 시트를 깔고 그 위에 횟감을 살짝 올려놓고 뚜껑을 닫은 후 비닐로 둘둘 말고서 보냉제를 얹어 준다.

"가능하면 빨리 먹으라고!"

아줌마는 늘 그렇게 말한다. 오늘도 그랬다.

시장을 보러 나온 사람들이 점차 늘어나고, 특별 활동을 끝내고 돌아오는 중고생들이 길거리에 서서 먹는 시간이 시작되었다.

나는 그럴 수도 있다는 가능성을 전혀 모르고 자랐지만, 매일 학교에서 돌아오면서 이런 곳을 지났다면, 그리고 친구와 길거리에서 크로켓이든 뭐든 먹으면서 자랐다면 어땠

을까, 하고 생각했다. 이 시간 이곳의 분위기를 만끽하며 성장할 수 있는 그 사람들이 조금은 부러웠다.

사람은 역시 사람을 보러 온다. 하루에 한 번은 사람들이 평화롭게 사는 모습을 보고 싶은 것이다. 변화가는 평화롭지 않을 수도 있지만, 시장은 대체로 평화롭다. 그곳은 어머니들이 모이는 곳, 생명을 관장하는 부엌과 직결된 곳이기 때문이다.

"또 올게요."

나는 바로 얼마 전까지는 몰랐던 사람들에게 그렇게 인사한다. 그들은 웃음으로 답한다. 그렇게 나라는 파문을 우주의 기록 속에 하나 둘 새겨 간다.

시즈쿠이시여, 더 멀리 노 저어 가렴. 새로운 일상 속에, 이 조그만 빛으로.

옮긴이 **김난주**

1987년 쇼와 여자대학에서 일본 근대문학 석사 학위를 취득했고, 이후 오오쓰마 여자대학과 도쿄 대학에서 일본 근대문학을 연구했다. 현재 대표적인 일본 문학 전문 번역가로 활동하며 다수의 일본 문학을 번역했다. 옮긴 책으로 요시모토 바나나의 『키친』, 『하드보일드 하드 럭』, 『하치의 마지막 연인』, 『암리타』, 『티티새』, 『불륜과 남미』, 『몸은 모든 것을 알고 있다』, 『허니문』, 『하얀 강 밤배』, 『슬픈 예감』, 『아르헨티나 할머니』, 『왕국』, 『해피 해피 스마일』, 『무지개』, 『데이지의 인생』, 『그녀에 대하여』 등과 『겐지 이야기』, 『모래의 여자』, 『가족 스케치』, 『훔치다 도망치다 타다』 등이 있다.

왕국 2
아픔, 잃어버린것의 그림자 그리고 마법

1판 1쇄 펴냄 2008년 5월 26일
1판 2쇄 펴냄 2008년 9월 5일
2판 1쇄 찍음 2011년 2월 18일
2판 2쇄 펴냄 2018년 1월 18일

지은이   요시모토 바나나
옮긴이   김난주
발행인   박근섭, 박상준
펴낸곳   **(주)민음사**

출판등록 1966. 5. 19. 제16-490호
주소   서울특별시 강남구 도산대로1길 62(신사동)
         강남출판문화센터 5층 (우편번호 06027)
대표전화 515-2000 | 팩시밀리 515-2007
홈페이지 www.minumsa.com

한국어 판 © **(주)민음사**, 2008, 2011. Printed in Seoul, Korea

ISBN 978-89-374-8185-7 (04830)
ISBN 978-89-374-8183-3 (전3권)